Mal Moulée

Ein Roman

Ella Wheeler Wilcox

Writat

Diese Ausgabe erschien im Jahr 2023

ISBN: 9789359257686

Herausgegeben von
Writat
E-Mail: info@writat.com

Inhalt

VORWORT.

Es ist mehr als zwei Jahre her, seit mir der Grundriss dieser einfachen Geschichte zum ersten Mal in den Sinn kam und die ersten Kapitel geschrieben wurden.

Viele Male habe ich seitdem beschlossen, das Werk aufzugeben, da ich mir bewusst war, dass ich kein Talent als Romanautorin besaß. Doch ein unerklärlicher und mysteriöser Impuls (den meine strengen Kritiker zweifellos als unglücklich und unerklärlich bezeichnen werden) zwang mich, es fertigzustellen.

Ich habe keine schönen Beschreibungen versucht, keine seltenen Wortmalereien, keine Eloquenzflüge. Diese Dinge liegen nicht in meinem Zuständigkeitsbereich. Ich habe versucht, so einfach und kurz wie möglich solche Ereignisse zu schildern, die sich fast täglich in unserer Mitte ereignen.

Mit Percy Durand habe ich einen Menschentyp beschrieben und möglicherweise etwas idealisiert, der in jeder Stadt Amerikas zu finden ist.

ist Fletrie der unglückliche und unerwünschte Spross einer lieblosen Ehe *avantgardistisch in der Kindheit* .

In Helena Maxon mein Ideal von

„Die perfekte Frau, edel geplant, um zu beraten, zu trösten und zu befehlen.“

Bei der Auswahl eines Titels konnte ich keinen passenden englischen Begriff finden, der die Bedeutung ausdrücken würde, die ich im Einklang mit der Leitidee des Buches vermitteln wollte. Daher war ich nicht ohne Widerwillen gezwungen, einen französischen Begriff zu verwenden.

Um viele persönliche Nachfragen zu vermeiden, möchte ich zunächst sagen, dass ich zwar weiß, dass fast alle hierin beschriebenen Erfahrungen im wirklichen Leben auftreten, mir aber zum jetzigen Zeitpunkt keine Person oder Personen bekannt ist, die darauf antworten könnten die Charaktere, die ich erstellt habe.

ELLA WHEELER WILCOX.
Meriden, Ct., Dezember 1885.

KAPITEL I.

ZWEI MÄDCHEN.

HELENA MAXON stand am Fenster mit Blick auf den Tennisplatz und weinte leise, als der Arm ihrer Mutter sie umarmte und die Stimme ihrer Mutter, zitternd vor Tränen, zu ihr sprach.

„Lena, Liebling", sagte sie, „du musst dich beherrschen. Madame Scranton wird gleich mit der jungen Dame zurückkehren, die im nächsten Jahr deine Mitbewohnerin und Begleiterin sein soll. Sie ist ein hübsches und charmantes Mädchen; und Ich möchte nicht, dass das Gesicht meines süßen Schatzes durch Weinen völlig entstellt wird, wenn ihre neue Freundin es zum ersten Mal sieht. Ich bin sicher, meine liebe Tochter, dass du hier sehr glücklich und vollkommen zufrieden sein wirst, nachdem die erste Einsamkeit vorüber ist."

„Ohne dich und Papa kann ich nie glücklich und zufrieden sein!" rief die junge Dame leidenschaftlich. „Ich würde mich wie ein böses, grausames Geschöpf fühlen, wenn ich zufrieden und glücklich wäre, wenn ich von dir getrennt wäre. Ich weiß, dass ich vor Heimweh sterben werde, bevor ich ein Semester hier bin", und ihre Tränen tropften erneut.

Mrs. Maxon würgte den Kloß in ihrem Hals herunter und zwang sich zu einem Lächeln auf den Lippen.

„Ich weiß, Sie werden versuchen, glücklich zu sein, Liebling", fuhr sie fort, „wenn Sie erkennen, dass das Glück Ihrer Eltern von Ihrem eigenen Glück abhängt. Wir haben diese Akademie als die begehrteste Institution ausgewählt, in der wir Sie und Madame unterbringen möchten." Scranton ist eine Dame, die in jeder Hinsicht geeignet ist, den Geist eines jungen Mädchens zu leiten und zu lenken. Es wird für uns sehr schwer sein, ohne Sie zu leben, aber wir wissen, dass es zu Ihrem Besten ist, und eines Tages werden Sie uns dafür danken. Jetzt kommt es Madame und die junge Dame; trocknen Sie Ihre Augen, liebes Kind, und begrüßen Sie sie freundlich. Und während Lena tapfer versuchte, die aufsteigende Tränenflut mit einem sehr feuchten Stück Batist einzudämmen, hörte sie Madames tiefe Altstimme, die den zitternden Soprantönen ihrer Mutter folgte:

„Miss Maxon, lassen Sie mich Ihre zukünftige Begleiterin vorstellen, und ich vertraue darauf, Freund. Miss Dolores King – Miss Helena Maxon."

Als die beiden Mädchen einander in die Augen sahen und die Hände falteten, ahnte in keinem der beiden jungen Herzen das seltsame und tragische Schicksal, das ihre zukünftigen Leben verbinden sollte.

Helenas erster Gedanke war: „Was für ein wunderschönes Geschöpf – eine perfekte Aphrodite." Während Miss King sich sagte: „Ein hübscher kleiner Körper – und fast hübsch, wenn sie sich nicht durch Weinen entstellt hätte."

Ein Künstler hätte in den beiden Mädchen möglicherweise eine gute Studie für gegensätzliche Wirkungen gefunden.

Miss King war fast zwanzig; groß und so schlank, dass es fast zerbrechlich wirkt. Ihr Gesicht war von außerordentlicher Schönheit in den Konturen, ganz klassisch in seinen perfekt gemeißelten Gesichtszügen und interessant durch seinen gemischten Ausdruck von Stolz und Melancholie. Von der Farbe her hatte ihr Haar einen reinen, blassen Gelbton, wie die Unterseite des Flügels eines Kanarienvogels; Ihre Haut war so fest und doch zart weiß wie die Blüte der Calla-Lilien. Ihre langen, stark gesäumten Augen waren so dunkelblau wie das Herz eines Veilchens – der Blume, die sie am meisten liebte. Ein seltenes, wundervolles Gesicht, ein Gesicht, das für seinen Besitzer zu einem unschätzbaren Vermögen oder zu einem verhängnisvollen Fluch werden könnte.

Helena Maxon war von der Statur her einen halben Kopf kleiner als ihre neue Freundin, und obwohl sie drei Jahre jünger war als sie, war ihre Figur viel üppiger entwickelt. Ein rundes Gesicht, ein klarer brünetter Teint, eine Locke dunkler Haare, die genau zur Farbe ihrer Augen passte – eigenartige Augen, weil sie manchmal von einem zarten Film verschleiert zu sein schienen, der den Anschein erweckte, als wäre sie in Trance oder in Trance somnambuler Zustand – eine Nase, die kein Phrenologe klassifizieren konnte, die wir daher als unregelmäßig bezeichnen müssen (und die gerade durch viel Weinen geschwollen und gerötet war), Lippen, die zu voll sind, um schön zu sein, und dennoch ein so üppig blühender Mund und ein so süßer Ausdruck , dass der Betrachter ihm die Größe sofort verziehen hat. Dabei handelt es sich um ein schönes Federfoto von Helena Maxon an jenem Septembernachmittag, als sie im steifen und ordentlichen Empfangsraum von Madame Scrantons Select Academy für junge Damen stand.

„Miss King wird Miss Maxon ihre Gemächer zeigen", sagte Madame, nachdem die beiden Mädchen ihre Grüße ausgetauscht hatten. „Wir werden uns gleich zu Ihnen gesellen." Sobald die jungen Damen das Zimmer verlassen hatten, wandte sie sich an Frau Maxon und fuhr fort: „Ich möchte Ihnen versichern, meine liebe Madame, dass Ihre Tochter in ihrer ersten Abwesenheit von Ihnen keine begehrenswertere Gesellschafterin haben könnte." , als der junge Mensch, den Sie gerade gesehen haben. Miss King ist eine ziemlich seltene Persönlichkeit; ich halte sie für die zuverlässigste Schülerin in meiner Obhut. Ich habe in den drei Jahren, in denen sie bei mir war, noch nie erlebt, dass sie einer Regel missachtet hat. Das bedaure ich dass sie nur noch ein Jahr bleibt.

„Sie ist sehr schön", sagte Frau Maxon nachdenklich; „aber ihr Gesicht macht auf mich einen traurigen Eindruck."

„Ihr Wesen ist von einer Ernsthaftigkeit geprägt, die fast melancholisch ist", antwortete Madame. „Ihre Mutter starb, als sie erst ein paar Monate alt war: Ihr Vater heiratete ein zweites Mal, und unglücklicherweise, glaube ich, hat Dolores auf jeden Fall ein Zuhause bei einem Onkel gefunden – einem eigenartigen und strengen Mann; er hat ihr alles gegeben Vorteil, da er ein wohlhabender Mann ist, aber sie wirkt aufgrund ihrer Verbindung mit ihm vorzeitig ernst und ernsthaft. Sie ist sehr nachdenklich und von ausgeprägter Originalität und völlig frei von der Eitelkeit, die man von einem so schönen Mädchen natürlich erwarten würde Bewunderung ist ihr völlig gleichgültig und sie scheint keine der sentimentalen Schwächen der Jugend zu haben. Ich bin sicher, dass sie für Ihre Tochter nur ein Vorteil und Nutzen sein kann. Auch sie ist im Guten Mitglied einer orthodoxen Kirche Stehen."

„Ich freue mich über das, was Sie mir über diese junge Dame erzählen", antwortete Frau Maxon. „Ich bin mir der großen Gefahren bewusst, denen Eltern ihre Töchter aussetzen, wenn sie sie von zu Hause auf Internate schicken: Es erfordert größte Sorgfalt und Überwachung, um sie mit den richtigen Einflüssen zu umgeben. Die Wahl der Lehrer und Begleiter für eine Tochter in diesem Fall Die entscheidende Phase ihres Lebens ist eine Angelegenheit von lebenswichtiger Bedeutung und wird nicht ausreichend berücksichtigt. Der Geist vieler junger Mädchen wurde vergiftet und ihre Zukunft durch unüberlegte Kameradschaft im Internat verzerrt. Allzu oft wissen die sorgfältigsten Lehrer überhaupt nichts darüber die Gedanken und Gespräche ihrer Schüler außerhalb des Klassenzimmers."

„Ganz wahr: zu wahr", stimmte Madame Scranton zu. „Aber ich bemühe mich so weit wie möglich, mich zum Vertrauten meiner Schüler zu machen: Sie dazu zu bringen, mit mir über alle Themen zu sprechen, wie sie es mit ihren Müttern tun würden. Da ich nur eine begrenzte Anzahl junger Damen betreue, ist dies möglich." mir, während es in einer größeren Einrichtung nicht erfolgreich durchgeführt werden konnte.

„Und das ist der Grund, warum Herr Maxon und ich beschlossen haben, Helena zu Ihnen zu bringen", fuhr Frau Maxon fort. „Wir waren davon überzeugt, dass Sie einen klugen Überblick über ihren Charakter und ihr Verhalten haben würden. Sie hat eine sehr liebevolle und emotionale Natur, voller Liebe für die Menschheit und Vertrauen in ihre Mitmenschen. Ich möchte nicht, dass ihre Zuneigung und sie auch nicht abgekühlt werden." Selbstvertrauen, das durch weltliche Ratschläge beeinträchtigt wird, oder ein vorzeitiges Wissen um die Niedrigkeit, die in der Welt existiert: Möge sie ihren wunderbaren Glauben und ihre liebevollen Impulse behalten, solange sie noch kann. Bewahre sie nur davor, in Torheit oder Unvorsichtigkeit verführt zu werden. Je älter ich werde, desto mehr werde ich und noch überzeugter, dass die Menschen, die ständig danach streben, den Geist der Jugend mit Misstrauen gegenüber der Menschheit zu beeindrucken, Menschen sind, die selbst des Vertrauens nicht würdig sind, oder diejenigen, die durch Sorgen, die sie nicht verstanden haben, verbittert sind. Ich glaube, dass es möglich ist, sie zu behalten Eine Natur wie die von Lena ist für immer süß und gesund.

„Aber einer Natur, wie Sie sie beschreiben, stehen unendlich viele Enttäuschungen und bittere Erfahrungen bevor", schlug Madame vor. „Dieses schöne Vertrauen muss grob zerstört werden."

„Schockiert, aber nicht erschüttert"; korrigierte Frau Maxon. „Und ich denke, es ist besser, in diesem Leben oft durch zu großes Vertrauen in unsere Mitmenschen verletzt zu werden, als unseren Geist durch ein frühes Misstrauen zu verbittern.

„Ich habe versucht, sie mit dem Glauben zu beeindrucken, dass der Schmerz, der ihr zugefügt wird, eine veredelnde und reinigende Lektion ist und nicht eine Strafe. Ich möchte, dass sie ihren Schöpfer als einen Wohltäter sieht und nicht als einen Rächer. Sie." Ihr Herz ist jetzt frei von allen neidischen oder eifersüchtigen Gefühlen, so wie ein sorgfältig gepflegtes Blumenbeet frei von Unkraut ist. Aber sie war nie der ständigen Reibung der Assoziation mit ihrem eigenen Geschlecht ausgesetzt: und ich zittere, wenn ich daran denke, welche Gefühle böse sind Einflüsse können sich in diesem frischen Boden festsetzen.

„Ich möchte, dass du ihr beibringst, wie ich es getan habe, dass Neid ein Laster ist und Eifersucht und unfreundliche Kritik Unmoralien sind, die mit Sicherheit den edelsten Charakter zerstören. Wir warnen unsere Söhne vor dem Spieltisch und dem Weinkelch laute Stimmen; aber zu viele von uns sitzen schweigend da, während unsere Töchter sich die Angewohnheit aneignen, böswillig zu reden und neidisch zu kritisieren, was in der heutigen Gesellschaft ebenso große Übel darstellt wie Unmäßigkeit oder Glücksspiel.

„Sie werden meine lange Dissertation verzeihen, meine liebe Madame, wenn Sie sich daran erinnern, wie wertvoll das Vertrauen war, das Sie in Ihre Fürsorge gesetzt haben. Und jetzt muss ich mich ein letztes Mal von ihr verabschieden und mich verabschieden. Armes Kind! Sie ist keine Woche lang von mir getrennt worden." in ihrem Leben. Der Abschied wird für uns beide sehr schwer sein.

„Denken Sie daran, mein süßes Kind", lauteten Mrs. Maxons letzte Aufforderung an ihre weinende Tochter, „dass Sie mich immer zu Ihrem ersten Vertrauten in allen Dingen machen sollen. Hören Sie nichts, sagen Sie nichts, tun Sie nichts, was Sie Ihrer Mutter nicht sagen können, der immer danach streben wird, Ihr bester Berater zu sein. Und jetzt beschützen Sie Gottes Engel, mein Lieber, und auf Wiedersehen."

Und Mrs. Maxon wandte sich hastig von den Armen ihrer Tochter ab und eilte davon, während Helena sich in wilder Leidenschaft unkontrollierter Tränen auf die Couch warf.

KAPITEL II.

ZWEI MÄDCHEN UND EINE PUPPE.

Als Dolores eine Stunde später leise an die Tür klopfte, wurde sie von einer leisen, aber ruhigen Stimme zum Eintreten aufgefordert; und sie fand Helena damit beschäftigt, ihre Koffer auszupacken und ihre Garderobe in Schränke, Schubladen und Kisten zu ordnen.

„Sie sehen müde aus, Miss Maxon", sagte sie freundlich – „oder besser gesagt, Miss Lena, denn wir dürfen nicht förmlich sein, wenn wir Mitbewohner sein wollen, oder? Beginnen wir also mit Lena und Dolores von Anfang an." "

„Dolores", wiederholte Helena leise; „Dolores – es ist ein schöner Name, aber ich habe ihn noch nie gehört."

„Nein, es ist kein gebräuchlicher Name. Er bedeutet traurig, glaube ich; meine Mutter hat mir einen guten Namen gegeben. Und darf ich Ihnen jetzt beim Auspacken helfen? Lassen Sie mich Ihre Kleider aufhängen – die Haken sind so hoch, und ich bin größer als du.

„Oh, danke, du bist sehr nett, und ich *bin* müde. Es macht mich immer müde und krank zu weinen, und ich sehe auch so aus, als wäre ich ein Schreckgespenst. Ich wünschte, ich würde durch Tränen besser werden, wie die Heldinnen in Romanen." wir haben davon gelesen; aber ich habe nicht so viel Glück wie sie.

„Haben Sie viele Romane gelesen?" fragte Dolores, während sie einen hübschen blauen Wanderanzug aufhängte und sich insgeheim fragte, ob diese Farbe zu ihrem düsteren Begleiter passen könnte.

„Oh nein, nicht viele. Mama glaubt, ich sei zu jung, um die besten Romane verständlich zu lesen, und sie möchte nicht, dass ich etwas nur wegen der Geschichte lese. Ich habe alle Bücher von Mrs. Whitney gelesen, das sind sie „Die süßesten Geschichten der Welt, die Mädchen lesen können", sagt Mama, und das denke ich auch. Sie machen mich immer mutiger, besser und zufriedener. Ich habe zwei oder drei Bücher gelesen, die mich unzufrieden gemacht haben; die Heldinnen waren es Wunderbar begabt und so herrlich schön, dass ich mich tagelang, nachdem ich davon gelesen hatte, wirklich hasste.

Dolores lächelte.

„Das ist sehr seltsam“, sagte sie, „ich kann mich nicht erinnern, jemals von einem Buch auf diese Weise berührt worden zu sein.“

Helena warf ihrer Begleiterin einen bewundernden Blick zu.

„Nun, ich sollte nicht annehmen, dass Sie das wären?“ Sie antwortete: „Weil du schöner bist als jede Heldin, über die ich je gelesen habe, und das macht den großen Unterschied in der Welt, weißt du.“

Dolores ließ einen ganzen Arm voller Mäntel und Kleider auf den Boden fallen, während sie sich umdrehte und den Sprecher anstarrte.

„Machst du Witze über mich?“ fragte sie unverblümt.

„Ich mache Witze über dich? Warum wäre ich doch nicht so unhöflich“, rief Helena, während ihr wieder Tränen in die Augen traten. „Vielleicht hätte ich nicht so deutlich sprechen sollen – vielleicht denken Sie: ‚Lob ins Gesicht zu loben ist eine offene Schande‘; Aber das glaube ich nicht. Wenn mir irgendetwas oder irgendein Körper gefällt , kann ich nicht anders, als es zu sagen; und ich dachte, du musst wissen, wie wunderschön du bist, und ich habe darüber genauso gesprochen, wie ich über die Schönheit eines Menschen sprechen würde Blume oder ein Bild. Es tut mir leid, wenn ich Sie geärgert habe.

Dolores hob die verstreuten Kleidungsstücke auf und begann, sie in die richtige Reihenfolge zu bringen.

„Nun, du bist das seltsamste Mädchen, das ich je getroffen habe“, sagte sie. „Aber du hast mich nicht geärgert; ich bin mir sicher, dass es sehr nett von dir ist, so schöne Dinge zu mir zu sagen; nur habe ich noch nie ein Mädchen gekannt, das so geredet hat: Mädchen sind normalerweise so hasserfüllt, weißt du.“

"Sind sie?" und in Helenas Stimme lag echte Trauer. „Oh, ich glaube nicht gern, dass das wahr ist.“

„Aber hast du sie nicht so gefunden?“

„Nein, aber weißt du, ich habe nur sehr wenige Mädchen gekannt. Ich habe sehr ruhig zu Hause gelebt und habe noch nie in meinem Leben die ganze Nacht mit einem Mädchen verbracht – Mama hat mich nie gern gehabt. Zweifellos habe ich viel vor.“ lernen, aber ich habe mich immer nach einer Schwester gesehnt, und ich fand Mädchen wirklich sehr nett.

„Ich nehme an, einige von ihnen sind das“, gab Dolores zu, „aber ich selbst habe mich nie besonders um ihre Gesellschaft gekümmert; in der Regel denken und reden sie nur über Beaus und Ehe und albernen Klatsch, der mich nicht interessiert. Aber ich interessiere mich.“ Sicher bist du ganz anders, und wir werden gut miteinander auskommen. Um Himmels willen, was ist das?“

Diese letzte ausrufende Frage wurde gerade geäußert, als Helena zahlreiche Wickel aus einem großen, leblosen Gegenstand entfaltete, der einem schlafenden, mehrere Monate alten Säugling sehr ähnlich sah. Helenas olivfarbene Wange leuchtete plötzlich rot wie die rosige Seite eines reifen Pfirsichs. Sie beugte sich tief über den Gegenstand, der nun ganz von seinen schützenden Hüllen befreit war, und antwortete: „Ich nehme an, Sie werden mich furchtbar albern finden; Mama sagte, sie fürchtete, die Mädchen würden sich über mich lustig machen, wenn ich ihn mitbringe.“ , aber als ich wegkam, stellte ich fest, dass ich meine liebe Puppe einfach *nicht* zu Hause lassen konnte. Papa hat sie mir vor drei Jahren zu Weihnachten geschenkt, und ich denke, es ist das schönste Geschöpf, das ich je in Form einer Puppe gesehen habe. Das war ich Ich mochte sie so gern, und ich hatte sie nachts immer in meinem Zimmer; und es brach mir das Herz, daran zu denken, sie zurückzulassen. Also sagte Mama schließlich, ich könnte sie mitbringen. Ich werde sie in der untersten Schublade des Zimmers aufbewahren Kommode, und niemand außer dir muss wissen, dass sie hier ist. Ich möchte nicht, dass die ganze Schule über mich lacht, aber ich weiß, dass ich viel glücklicher sein werde, weil sie bei mir ist. Hast du dich schlecht gefühlt, als du geben musstest? Zieht eure Puppen auf?

„Ich habe in meinem ganzen Leben noch nie mit einer Puppe gespielt“, antwortete Dolores, „Ich wusste immer, dass es nur Puppen waren.“

„Ja, natürlich sind echte Babys netter, aber sie weinen so – und da muss man so vorsichtig sein –“

„Echte Babys!“ wiederholte Dolores in unverhohlener Verachtung, „Ich bin mir sicher, dass ich nie mit diesen elenden kleinen Wesen spielen möchte. Ich weiß nie, was ich mit ihnen machen soll.“

„Liebst du nicht Babys? die süßen, unschuldigen kleinen Geschöpfe“, rief Helena, legte ihre Arme um ein imaginäres Kind und kuschelte es mit wahrer Mutterzärtlichkeit an ihre Brust. „Oh, ich denke, es sind die schönsten und liebsten kleinen Dinge auf der Welt. Wie kann man sie nicht mögen?“

„Ich mag sie nicht wirklich“, antwortete Dolores; „Ich habe nur Mitleid mit ihnen. Niemand fragt sie jemals, ob sie in diese Welt voller Schwierigkeiten kommen wollen oder nicht – niemand will sie jemals, und alle werden müde von ihrem klagenden Protest gegen das Leben. Ja, tatsächlich, ich habe Mitleid mit den armen Dingern.“

„Oh, aber ich bin mir sicher, dass einige Babys gesucht werden“, warf Helena ein. „Vor drei Jahren kam ein kleiner Bruder zu mir, und wir waren alle so froh und glücklich, als wäre uns ein Engel gesandt worden. Und es war ein

Engel", fügte sie mit leiserer Stimme hinzu, „denn er hieß." In ein paar Monaten kehrten wir in den Himmel zurück, und wir waren so sehr, sehr einsam. Aber wir waren froh, dass es auch nur für diese kurze Zeit kam. Es hat uns alle besser gemacht, das weiß ich. Hast du Brüder oder Schwestern, Dolores?"

„Nein", antwortete Dolores, „meine Mutter starb, als ich sechs Monate alt war."

„Oh", sagte Helena ganz leise, „dann bist du also eine Waise? Ich glaube, das ist das Traurigste auf der Welt – keinen Vater und keine Mutter auf Erden zu haben."

„Mein Vater lebt – aber er hat eine andere Frau und ich sehe ihn nie", erklärte Dolores, „und ich fühle mich wie eine Waise. Wenn ich zu Hause bin, lebe ich beim Bruder meiner Mutter – meinem Onkel Laurence. Aber Ich denke, wir sollten uns heute Abend früh zurückziehen, Fräulein Lena – Sie sehen sehr müde aus; das war ein harter Tag für Sie."

Als sie sich gemeinsam entkleideten, brach Helenas Bewunderung für die Schönheit ihrer Begleiterin erneut hervor.

„Du hast die schönsten Haare, die ich je gesehen habe", sagte sie. „Wie gerne würde ich ein Bild von dir sehen, auf dem es so um deine Schultern fließt."

So wie Bosheit Bosheit erzeugt, so erweckt Großzügigkeit Großzügigkeit. Dolores, die normalerweise viel zu gleichgültig gegenüber Einzelpersonen war, um ihre angenehmen Eigenschaften besonders zu bemerken, geschweige denn zu erwähnen, antwortete nun lächelnd auf Helenas Laudatio:

„Und ich hätte gerne ein Bild von deinem schönen Hals und deinen Schultern; du hast die Form einer jungen Göttin, meine Liebe."

"Habe ich?" rief Helena mit kindlicher Freude, „ich bin mir sicher, dass das noch nie jemand gesagt hat – nur Papa hat mir gesagt, dass meine Schultern eine klassische Neigung hätten – ich habe mich immer an dieses Kompliment erinnert – ich werde es dir zukommen lassen. Ich verehre einfach Schönheit, und ich Ich bin dem Himmel so dankbar für den kleinsten Funken Schönheit, den er mir gegeben hat, und ich versuche, in jeder Hinsicht das Beste aus mir herauszuholen. Ich glaube, der Schöpfer wollte, dass alle Frauen schön sind; Eva war schön, da bin ich mir sicher; und Nur dadurch, dass sie den Gesetzen der Gesundheit missachtet und nicht die richtigen Gedanken hegt, sind ihre Nachkommen deformiert und unattraktiv geworden. Das ist es, was Mama denkt, und ich glaube, dass es auch wahr ist."

„Bist du bereit, in den Ruhestand zu gehen?", fragte Dolores, als sie sah, wie Helena ihr braunes Haar über ihr schneeweißes Nachthemd fallen ließ. „Wenn ja, werde ich das Licht löschen."

„Oh je, nein", lachte Helena, „du hast keine Ahnung, wie viel Zeit ich nachts und morgens auf meiner Toilette brauche. Du weißt, ich habe dir gesagt, dass ich versucht habe, auf jede erdenkliche Weise das Beste aus mir herauszuholen. Jetzt hat mir die Natur nicht gegeben." Von Anfang an viel Schönheit, aber Mama sagt, ich kann das, was mir gegeben wurde, erheblich verbessern. Mein Haar ist nicht sehr fein oder weich, deshalb gebe ich ihm jeden Abend hundert Pinselstriche und jeden Morgen fünfzig. Dann nehme ich jeden So viele Schmerzen mit meinen Zähnen und Nägeln – denn das sind sehr offensichtliche Merkmale, wissen Sie, und meine Nägel neigen dazu, hässlich zu sein – nicht von Natur aus lang und geformt wie deine. Und ich bade so gern, dass Mama sagt, sie sollte es tun Halte mich in einem Aquarium mit den Goldfischen.

„Aber es wird Ihnen sehr schwer fallen, hier in der Schule Zeit für so viele aufwändige Zeremonien zu finden", sagte Dolores.

„Nun, dann werde ich in meinen Klassen zurückfallen, fürchte ich", antwortete Helena und strich ihr Haar, bis es glänzte wie das Fell eines gepflegten Pferdes. „Ich betrachte meinen Körper als den Tempel meiner Seele, und es kommt mir so vor, als würde ich Gott meinen Respekt erweisen, indem ich ihn mit aller Sorgfalt und Schönheit pflege, die nur möglich ist. Ich lege nicht so viel Wert auf schöne Kleidung wie manche Mädchen." Aber ich liebe es, mich selbst zu verschönern und zu reinigen – den Körper, den Gott geschaffen hat – und ihn jeden Tag und jede Nacht aufs Neue seinem Dienst zu widmen. Was andere Mädchen für Süßigkeiten und Bonbons ausgeben, kaufe ich für zarte Parfüme, Seifen und zierliche Pinsel und Geräte für meine Toilette und mein Bad. Tatsächlich bin ich wohl eine geborene alte Jungfer. Jetzt können Sie das Licht ausmachen, und von nun an werde ich diese Aufgabe auf mich nehmen und Sie nicht warten lassen."

Und dann ließ sie sich im Mondlicht neben der verschneiten Couch nieder und sprach ihr einfaches stilles Gebet der Bitte und der Dankbarkeit.

„Ein nettes, süßes Mädchen", dachte Dolores, als sie da lag und die kniende Gestalt beobachtete. „Ich denke, ich werde ihre Gesellschaft sehr genießen."

Und sie träumte nicht davon, dass sich in der gnädigerweise verschleierten Zukunft Umstände ereignen würden, die sie dazu veranlassen würden, für dieselbe mädchenhafte Gestalt, die an ihrem Bett kniete, all den bitteren Hass, all die leidenschaftliche Wut, all die eifersüchtige Rache zu empfinden, die die … Das menschliche Herz ist fähig, wenn es von unsterblichem Kummer und großer Verzweiflung erfasst wird.

KAPITEL III.

Ein fataler Eindruck.

FAST sechs Monate waren vergangen und die Frühlingsferien standen vor der Tür.

Helenas Heimweh war stiller Zufriedenheit gewichen; und eine große Freude an ihren neuen Pflichten erfasste sie schnell, was Madame Scranton mit Befriedigung bemerkte und Mrs. Maxon davon berichtete.

„Ich fürchte mich vor der Ferienwoche", sagte sie eines Abends zu ihrer Mitbewohnerin, als sie über ihren Prüfungsunterlagen saßen. „Ich war in den Ferien, während du weg warst, so einsam – ich habe mich jede Nacht in den Schlaf geweint, und in diesen Ferien wird es genauso schwer sein. Es scheint lange bis zum nächsten Juni zu dauern, aber ich weiß, dass meine Eltern keine Lust haben, es sich zu leisten." die Kosten meiner Heimreise bis dahin.

„Ich wünschte, du könntest mit mir nach Hause gehen", schlug Dolores vor und blickte plötzlich von ihren Büchern auf. „Kannst du nicht? Es ist nur ein kurzer Weg – und ich würde dich gerne selbst mitnehmen. Es ist ein eher düsteres Haus, wie du feststellen wirst, mit nur Onkel und seinen Büchern und Dienern, aber es wäre eine Abwechslung für dich Zumindest. Ich weiß, wie trostlos es hier im Urlaub ist; ich habe es einmal versucht, als Onkel nicht zu Hause war. Willst du mit mir gehen, Lena?"

„Sie sind so nett, mich zu fragen, und ich denke, es wäre entzückend", antwortete Helena und ihr Gesicht strahlte bei dem Gedanken. „Ich werde Mama heute Abend darüber schreiben. Ich bin sicher, sie wird ihr Einverständnis geben, denn ich habe ihr so viel über dich erzählt – wie gut und freundlich du bist und wie sehr ich dich liebe." und Helena zog das Gesicht ihrer Gefährtin mit beiden Händen nach unten und küsste sie. Dolores nahm die Begrüßung mit einem Lächeln entgegen, erwiderte sie jedoch nicht.

„Weißt du, Dolores", sagte Helena, „dass dein kleines Lächeln für mich jetzt genauso bedeutet wie ein Kuss?" Zuerst, als ich dich gestreichelt habe, hat mich deine mangelnde Reaktion erschreckt, aber das war mir egal Ich liebe dich und du bist so liebenswert, dass ich es nicht lassen konnte, meine Zuneigung zu zeigen. Ich muss jemanden zum Streicheln haben; das ist für mich eine Notwendigkeit; und jetzt kommt mir das schwache kleine Lächeln, das du mir schenkst, genauso vor wie ein … Ein Kuss würde von jedem anderen Mädchen kommen.

„Ich bin froh, dass es so ist – es bedeutet dasselbe“, antwortete Dolores. „Ich bin von Natur aus sehr unauffällig. Lena, du bist definitiv die einzige Person, von der ich es ertragen könnte, gestreichelt zu werden. Ich kann mich nicht erinnern, jemals in meinem Leben freiwillig jemanden geküsst zu haben. Ich konnte nie einen Sinn oder Sinn darin erkennen.“ es; aber es scheint in Ordnung zu sein, wenn es von dir kommt. Ich bin nur froh, dass du keine Antwort von mir verlangst.

„Aber sicher küsst du deinen Onkel manchmal?“ fragte Helena.

„Nein, niemals. Seine Natur und meine ähneln sich in dieser Hinsicht. Du wirst ihn kalt und streng finden, aber er hat in seinem Leben einige bittere Sorgen erlebt, und es ist kein Wunder, wenn sie ihm das Herzblut gefroren haben. Und doch hat er ist sehr freundlich zu mir, und er hat mir viel beigebracht und mir viele Dinge erzählt, die ich sonst wie er hätte lernen müssen – durch grausame Erfahrung. Aber komm, mein Lieber, wir müssen unsere Prüfungsarbeiten fertigstellen, und du musst Schreiben Sie diesen Brief an Ihre Mutter. Ich denke, ich werde einen Brief beifügen, in dem ich sie bitte, mir die Gunst Ihrer Gesellschaft zu gewähren, und verspreche, sich bestmöglich um Sie zu kümmern.

Beide Briefe wurden entsprechend verfasst und die entzückten Mädchen erhielten noch vor Schulschluss eine bejahende Antwort auf die Anfrage.

Helena packte ihren Koffer mit der Vorfreude eines jungen Mädchens auf eine neue Erfahrung. Madame Scranton und eine kleine Leibwache aus Lehrern und Schülern begleiteten die jungen Damen zum Depot und sahen sie sicher im Wagen sitzen, der sie in wenigen Stunden an ihr Ziel bringen würde.

Sie wurden am Bahnhof von einem farbigen Diener empfangen, den Dolores mit Daniel ansprach und der ihr mitteilte, dass „Meister Laurence fast krank war: er schien keinen Appetit zu haben und konnte nicht schlafen.“

„Warum wurde ich nicht angeschrieben? Warum wurde ich nicht geholt, wenn Onkel krank ist?“ rief Dolores mit so viel Kummer im Gesicht, dass Helena, die an das übliche ruhige Verhalten ihrer Freundin gewöhnt war, sie überrascht ansah.

Daniels Versicherung, dass sein Herr nicht krank, sondern „nur kränklich “ sei, verschwand nicht von Dolores‘ Gesicht, bis sie das Herrenhaus erreichten, das Helena von einer „wohlerzogenen Düsternis“ erfüllt vorkam, wie sie es später ausdrückte .

So wie ein Kleidungsstück mit den Gerüchen des Körpers gesättigt wird, so wird die Atmosphäre eines Hauses mit der Essenz oder der spirituellen Natur seiner Bewohner gesättigt. In Helena Maxons eigenem Zuhause, so bescheiden und bescheiden es auch war, spürte jeder, der jemals die Schwelle überschritt, den Ansturm eines belebten Stroms der Liebe und Fröhlichkeit, wie eine sanfte Brise um ihn herum.

Und mit ihrer besonders sensiblen Natur spürte sie wie ein fein organisiertes menschliches Barometer die kalte und frostige Atmosphäre dieses Herrenhauses: und ihr spirituelles Quecksilber lief bis auf Null.

Ein großer, ernster Mann mit einem klaren, bartlosen Gesicht und stahlgrauen Augen begrüßte sie im Flur. „Willkommen zu Hause, junge Damen", sagte er, während der Phantom eines Lächelns über seine blassen Gesichtszüge spielte, als wäre er... Wintersonnenstrahl fällt auf eine Marmorstatue. „Ich freue mich, euch beide zu sehen. Dolores, Kind, du siehst blass aus; bist du krank?"

Er nahm ihre Hand, so wie er Helenas Hand genommen hatte, und er grüßte sie nicht mehr liebevoll, ebenso wenig wie Dolores.

„Nein, mir geht es gut", sagte sie, „nur Daniel hat mir Angst gemacht: Er sagte, es ginge dir sehr *schlecht*. Du hättest mich sofort holen sollen, Onkel."

„Das war nicht nötig, Kind", antwortete ihr Onkel, als er sie durch den langen Flur führte und beiseite trat, um sie die breite Treppe hinaufgehen zu lassen. „Ich war nur unpässlich, wie ich es immer im Frühling bin, wissen Sie. Warum sollte ich Sie von Ihrem Studium nehmen, weil meine Leber feuerfest ist? Aber beeilen Sie sich jetzt, junge Damen. Sie haben nur Zeit, vor dem Abendessen Ihre Toilette zu machen serviert wird."

„Ich hörte heute Morgen zwei Rotkehlchen in einem kahlen Baum zwitschern", sagte Mr. Laurence, als die jungen Damen wenig später ihre Plätze am Tisch einnahmen. „Das und Ihre jugendlichen Stimmen in der einsamen alten Halle haben mich davon überzeugt, dass der Frühling bald naht. Glückliche Vögel und glückliche Mädchen, sagte ich. Ich frage mich, was der kurze Sommer des Lebens für Sie bereithält?

„Was ist Ihr Zukunftstraum, Miss Maxon?"

Als Helena sah, dass diese verwirrende Frage so plötzlich von einem völlig Fremden an sie gerichtet wurde, dessen Verhalten ihr ein besonderes Gefühl der Ehrfurcht einflößte, errötete sie und zögerte auf eine Antwort.

„Ich denke, ich kann für Sie antworten", fuhr ihr Gastgeber fort, ohne darauf zu warten, dass sie eine Stimme fand.

„Es ist ein Traum von angenehmen Pflichten, von Kultur und Reisen, von verwirklichten Ambitionen und belohnter Arbeit, aber alles vereint in der höchsten Hoffnung des unklugen jungen Herzens – Liebe und Ehe; habe ich nicht recht ? "

Einen Moment lang verharrte Helena in beschämtem Schweigen, und die Röte auf ihrer Wange verstärkte sich. Dann richtete sie ihre sanften, dunklen Augen furchtlos auf das Gesicht des alten Mannes und antwortete ihm:

„Ich habe nie ernsthaft über meine Zukunft nachgedacht", sagte sie. „Ich bin jung, um Pläne zu schmieden. Aber was auch immer es sonst noch für mich bereithält, ich denke, es wäre vollständiger, endlich mit Liebe und Ehe gekrönt zu werden, wenn die Liebe wahre Liebe und die Ehe eine glückliche wäre."

Mr. Laurence schüttelte den Kopf und murmelte: „Ah! Ah! armes Kind – armes, dummes Kind! Geben Sie diesen Gedanken besser sofort auf. Es gibt keine wahre Liebe zwischen Mann und Frau; es gibt keine glücklichen Ehen; es ist alles ein …" Traum – ein Traum – und das Erwachen ist grausam. Verschwinde besser jetzt alles aus deinem Kopf, Kind, bevor es zu spät ist. Baue dein Schloss ohne den zerbrechlichen Turm der Liebe, sonst wird er zu Boden stürzen und das Ganze tragen Struktur damit."

„Aber du willst doch nicht, dass ich denke, dass es auf der Welt keine wahre Liebe gibt?" rief Helena voller Verwunderung und schmerzlicher Überraschung.

„Es gibt keine wahre und dauerhafte Liebe, keine große ewige Leidenschaft zwischen den Geschlechtern. Es besteht die Möglichkeit – und doch ist sie sogar selten – einer dauerhaften platonischen Zuneigung – einer Art, selbstloser Freundschaft. Aber es ist ein Hohn und eine Blasphemie für zwei." Menschen müssen am Altar stehen und sich im Namen Gottes dazu verpflichten, einem Gefühl treu zu bleiben, das nicht von Dauer sein kann – das niemals von Dauer ist. Einer oder beide müssen sich ändern, beide müssen unter der unheiligen Knechtschaft leiden. Frauen sind wankelmütig, Männer schon Basis. Ich würde Dolores, meine einzige menschliche Bindung, lieber in ihrem Grab liegen sehen, als zum Traualtar geführt zu werden. Nein, nein, Kind, höre einem alten Mann zu, der viel von der Welt gesehen hat, und denke nicht an eine Ehe Geben Sie jemals Ihre Lebenspläne ein.

Mr. Laurences Gesicht war sehr blass und seine Stimme zitterte vor Aufregung, die dieses Thema immer hervorrief. Dolores merkte, dass er in einem äußerst nervösen Zustand war, und änderte geschickt das Gespräch, indem sie Helena aufforderte, ins Musikzimmer zu kommen und für sie zu singen.

Sie besaß eine Stimme von bemerkenswerter Schönheit und Sanftheit – eine Stimme, die sich im Rahmen der Gesangsausbildung, die sie an der Akademie erhielt, bereits zu wunderbarer Flexibilität und Kraft zu entwickeln begann.

Wie die meisten Anhänger von Orpheus war Helena viel mehr in die Musik vertieft als in den Text ihrer Lieder; und so veranschaulichte sie ganz unbewusst die Theorie des alten Mannes über die Vergänglichkeit der Liebe in der Auswahl dieses Liedes, das mit einer brillanten Melodie und Begleitung versehen war.

Ein kleines Blatt direkt am Waldrand hatte den ganzen Sommer über dem Werben verliebter Vögel
gelauscht, die über die Hecke flogen und
ihre fröhlichen, süßen Lieder sangen, um es zu vernichten.
Es gab so viele schmeichelhafte Dinge, die sie ihr erzählten.
Der Stammbaum schien viel zu klein, um sie zu tragen.

Endlich, eines einsamen Tages, sah sie sie
über die Felder hinter dem koketten Sommer fliegen.
Sie gingen mit einem lachenden Licht zum Abschied an ihr vorbei,
als aus dem Norden ein seltsamer Neuankömmling kam;
Kühn war seine Miene, als er sie ansah und rief:
„Wie kommt es dann, dass du seufzend hier zurückbleibst!“

„Nun, durch meinen Glauben bist du ein schönes Blatt –
Darf ich nicht diese so schöne und zärtliche Wange küssen?
“ Ihr gekränktes Herz füllte sich mit bitterer Trauer.
Die Unhöflichkeit seiner Worte beleidigte sie nicht.
Sie fühlte sich so traurig, so trostlos, so verlassen,
Oh, wenn ihr einsames Schicksal abgewendet werden könnte.

„Ein kleiner Kuss“, seufzte er, „mehr verlange ich nicht –
“ Sein Gesicht war kalt, seine Lippen zu blass für Leidenschaft.
Sie lächelte zustimmend; und dann beugte sich der kühne Frost tiefer,
drückte sie fest an sich und küsste sie auf die Art eines Liebhabers.
Ihre glatte Wange errötete plötzlich zu schuldbewusstem Glanz,
ein weiterer Kuss und dann völlige Hingabe.

Nur für einen Tag war sie ein wunderschöner Anblick.
Die Welt blickte voller Mitleid und Bewunderung zu

Dieses bescheidene kleine Blatt, das in einer Nacht
den ganzen Wald in Brand zu setzen schien.
Und dann – dieses Opfer eines gebrochenen Vertrauens,
ein verdorrtes Ding, wurde in den Staub getreten.

Mr. Laurence saß schweigend da, als wäre er tief in Gedanken versunken, während sie ein paar Lieder sang, und zog sich dann, indem er sich mit dem Vorwand des Unwohlseins entschuldigte, in sein Zimmer zurück.

„Es hat keinen Sinn, dass Onkel mir sagt, dass er nicht krank ist", bemerkte Dolores, nachdem er sie in Ruhe gelassen hatte, „denn ich bemerke eine große Veränderung an ihm, seit ich ihn das letzte Mal gesehen habe. Er sieht um Jahre älter aus und ist in einer schwierigen Situation Zustand großer Nervosität. Ich mache mir Sorgen um ihn."

„Er ist ein seltsamer Mann, nicht wahr?" überlegte Helena, „aber ich kann nicht anders, als zu denken, dass er glücklicher und gesünder wäre, wenn er nicht allein leben würde. Wenn er in jungen Jahren geheiratet hätte und jetzt von einer netten Familie umgeben wäre, wie anders wären all seine Vorstellungen. Papa sagt a Das Blut eines Junggesellen verwandelt sich in Essig, weil er niemanden hat, der ihm das Leben versüßt.

„Aber Onkel Laurence ist kein Junggeselle", sagte Dolores. „Er heiratete ein sehr schönes Mädchen, als er noch recht jung war."

„In der Tat! Dann ist er Witwer? Und es war der Verlust von ihr, der ihn so verbittert hat! Aber ich finde es schön, dass er ihrer Erinnerung treu geblieben ist. Es hat einfach genug Romantik, um mich zu erfreuen."

„Nein, nein!" unterbrach Dolores hastig, „Du verstehst es nicht. Er heiratete sie und verehrte sie mit der ersten poetischen Leidenschaft eines jungen Mannes; sie lebten zwei Jahre zusammen, und dann – und dann, Lena, rannte sie weg und verließ ihn, und er hat es getan Seitdem war ich nie mehr derselbe Mann.

„Bin weggelaufen und hat ihn verlassen!" wiederholte Helena in schockierter Verwunderung, „warum, hatte sie Heimweh – oder war er unfreundlich zu ihr? Und haben ihre Eltern sie zurückgenommen?"

„Nein, sie ist nicht nach Hause gegangen. Sie war – oh, meine liebe Lena, du bist zu unschuldig, um zu verstehen, wie böse die Welt ist. Ich weiß alles darüber, weil Onkel es mir erzählt hat; er hält es für besser, wenn ich vorher gewarnt werde." denn ich könnte allein gelassen werden, um mich zu verteidigen. Lena, seine Frau war treulos und sein engster Freund falsch, und zwei Häuser waren für immer in Ungnade gefallen."

"Oh!" war Helenas einzige Antwort. Sie war verwirrt und schmerzte, als sie feststellte, dass die Welt nicht ganz mit der süßen und heiligen Atmosphäre ihres eigenen Zuhauses übereinstimmte. Aber sie war sich sicher, dass das Leben von Herrn Laurence eine große Ausnahme von der Regel war, die

Frieden, Harmonie und Reinheit in den häuslichen Beziehungen bedeuten muss.

Als die beiden Mädchen in der blassblauen Laube, die Dolores' Wohnung war, standen und sich für die Nacht auszogen, bemerkte Helena ein Fotoalbum, das in der Nähe lag. „Darf ich mir die Bilder ansehen?" fragte sie und als sie die Blätter umblätterte, stieß sie einen Freudenschrei aus, als ihr Blick auf das Foto eines wunderschönen Kindes fiel, eines Jungen, der scheinbar vier oder fünf Jahre alt war.

„Oh, Dolores, was für ein Cherub! Wer ist das?" Sie fragte. „Er ist eine vollkommene Schönheit – und er hat auch deinen schönen Mund – ist er ein Verwandter?"

Dolores beugte sich über ihre Schulter und betrachtete das Porträt.

„Das? Oh, das ist der kleine Junge meines Vaters", sagte sie gleichgültig. „Das Bild wurde mir vor einigen Jahren aus Kalifornien geschickt."

„Aber ich dachte, du hättest mir erzählt, dass du keine Brüder oder Schwestern hast", sagte Helena mit einem verwirrten Blick.

Dolores fuhr mit ihren schlanken Fingern durch ihr seidenes Haar und schüttelte es wie einen goldenen Heiligenschein um sich herab.

„Nun, ich habe keine", antwortete sie. „Ich bin das einzige Kind meiner Mutter. Er ist das Kind meines Vaters, und mit seinem Vater ist man überhaupt nicht sehr verwandt, wissen Sie – und schon gar nicht mit den Kindern einer anderen Mutter."

„Warum, Dolores King!" rief Helena, jetzt völlig schockiert. „Was für seltsame Dinge du sagst! Nicht mit dem Vater verwandt? Nun, es ist eine ebenso enge und heilige Beziehung wie die einer Mutter."

„Oh nein! Kind", unterbrach Dolores. „Denken Sie nur daran, was eine Mutter für uns erleidet, für uns erduldet, für uns durchmacht, von Anfang bis Ende. Von dem Moment an, in dem wir zu existieren beginnen, bis wir alleine gehen können, sind wir eine körperliche Belastung für unsere Mütter, während wir für unsere Väter eine körperliche Belastung darstellen Gehen Sie frei und ungehindert, mit nur vielleicht (und vielleicht nicht einmal dem) Gedanken an unseren Unterhalt, um sie daran zu erinnern, dass wir Ansprüche auf sie haben. Es ist nur eine Frage der Verbindung und des persönlichen Stolzes, die die meisten Kinder bei ihren Vätern beliebt machen Ihre Mütter lieben sie von Natur aus. Ich habe nie mit meinem Vater zusammengelebt, seit ich ein kleines Kind war. Nachdem meine Mutter gestorben war, wurde ich in die Obhut einer Krankenschwester gegeben, und dann heiratete mein Vater sehr bald wieder, und mein Onkel nahm mich mit Ich bin sicher, dass mein Vater keine Zuneigung für mich hat und ich auch keine für ihn. Ich habe ihn nur ein paar Mal in meinem Leben gesehen, und ich fand ihn in keiner Weise attraktiv für mich – und dann erinnere ich mich immer daran, wie unglücklich Meine Mutter verbrachte ein kurzes Leben mit ihm, und deshalb hasse ich ihn fast. Daher bin ich froh, dass wir uns nicht öfter treffen."

„Oh, Dolores", seufzte Helena und blickte ihre schöne Begleiterin mit absolut mitfühlenden Augen an, „ich finde es schrecklich für dich, deinem eigenen Vater gegenüber so zu empfinden. Ich kann es nicht verstehen."

„Nun", gestand Dolores, während sie beim Bürsten ihrer Haare innehielt und in ihren zierlichen weißen Gewändern aussah, wie die in Nebel gehüllte Aphrodite ausgesehen hätte, wenn sie mit einer elfenbeinernen Haarbürste in der Hand aus dem Meer gestiegen wäre; „Na ja, manchmal kann ich es auch nicht verstehen. Aber ich habe einmal ein Mädchen mit einem seltsamen Mal auf der Stirn gesehen, das wie die Schnittwunde eines Dolches aussah; und mir wurde gesagt, dass es dadurch verursacht worden sei, dass ihr Vater von einem Räuber niedergestreckt wurde, richtig." vor den Augen ihrer Mutter. Und wenn ich das Tagebuch meiner Mutter lese, das sie während ihres einjährigen Ehelebens geführt hat, denke ich, dass ich vielleicht auf diese Weise geistig gezeichnet wurde. Ich nehme an, so etwas ist möglich; und ich kann mir nicht mehr helfen Gefühle, als das Mädchen mit dem Mal auf der Stirn verhindern konnte.

Dolores war auf eine tiefere Wahrheit gestoßen, als sie gedacht hatte. Aber Helenas Verstand war nicht in der Lage, es zu begreifen. Sie hatte nur das Gefühl, dass ihre Freundin immer mehr ein Rätsel für sie war, und kroch mit einem Zustand chaotischer Verwirrung, der an Angst grenzte, ins Bett.

KAPITEL IV.

Eine verblüffende Abschiedsrede.

Während das Haus schlief, trat schweigend ein blasser Bote ein und sagte zu einem seiner Mitglieder: „Heute Nacht wird deine Seele von dir verlangt! Komm mit mir."

Mr. Laurence wurde am Morgen tot in seinem Bett aufgefunden, auf seinen Lippen war ein Lächeln eingefroren, das wärmer war als das, was seine lebenden Gesichtszüge seit Jahren getragen hatten.

Für diejenigen, die das schreckliche Spektakel einer modernen Beerdigung miterlebt haben, ist keine Beschreibung dieses barbarischen Ritus erforderlich. Wer hat nicht alles gesehen – den abgedunkelten Raum, in dem sich die Düfte von Blumen und Desinfektionsmitteln widerspiegelten; der düstere , abscheuliche Sarg; die schreckliche Zeremonie, bei der der Deckel über das geliebte Gesicht geschlossen wird: die schwarze Armee von Sargträgern: die lange, langsame, traurige Reise zum verlassenen, krankheitsvermehrenden Friedhof; die feuchte, dunkle, gähnende Grube, der gesenkte Sarg, das widerliche Aufprallen der Erde, wenn Staub zu Staub wird. Oh! Könnte die wildeste Rasse den Tod mit mehr Schrecken ausstatten als diesen schrecklichen Brauch der zivilisierten Welt? Dann folgt der lange Prozess des Verfalls, die Dunkelheit, die Düsternis, das Gewicht der Erde auf dieser lieben Brust, der Grabwurm, der sich langsam seinen schleimigen Weg in das Fleisch frisst, das unter unseren warmen Küssen gezittert hat – Gott! Sind wir nicht grausam gegenüber unseren Toten?

Vergleichen Sie damit die schöne Zeremonie der Einäscherung. Ein schneebedecktes Tuch umhüllt die Toten. Eine Tür schwingt geräuschlos auf, und die eiserne Wiege rollt mit ihrer Last, die wie ein Hochzeitsbett gekleidet ist, durch die Öffnung und verschwindet in einem prachtvollen purpurnen Licht, wie eine Taube in den sommerlichen Sonnenuntergangshimmel schwebt und nicht mehr zu sehen ist. Es gibt keinen Rauch, keine Flamme, keinerlei Geruch. Nichts kommt mit der kostbaren Form, die wir geliebt haben, in Berührung außer der Reinheit intensiver Hitze und der Pracht großen Lichts. In wenigen Stunden wird der irdische Teil unseres geliebten Menschen schnell, geräuschlos und ohne abstoßende oder gruselige Züge in einen kleinen Haufen schneebedeckter Asche verwandelt. Alle begrüßen den Beginn einer neueren und höheren Zivilisation, die die komplizierten und schrecklichen Schrecken der Bestattung durch die Sauberkeit und Einfachheit der Einäscherung ersetzen wird!

Durch Mr. Laurences Testament wurde festgestellt, dass sein gesamtes Vermögen, das einer komfortablen Kompetenz entsprach, Dolores gehörte, mit Ausnahme des Gehöfts: Dieses sollte in die Hände von Dr. Monroe, seinem Hausarzt und einzigen engen Bekannten, übergehen. Freunde boten Dolores den Schutz ihrer Häuser an und drängten sie, ihre mitfühlende Gastfreundschaft anzunehmen, bis ihre Zukunftspläne feststanden. Doch das traurige Waisenkind weigerte sich, das dreimal düstere Haus zu verlassen . Sie klammerte sich an Helena und sagte zwischen ihren Schluchzern: „ Sie sagen mir, ich müsse bald für immer von hier weggehen, dass es nicht mehr mein Zuhause sei. Sicherlich werde ich noch eine Weile bleiben – ein paar Wochen, und ganz sicher auch du." Wird bei mir bleiben, Helena? Ich kann nicht alles so plötzlich verlassen – das ist zu viel verlangt von mir."

Schließlich wurde beschlossen, dass Dr. und Mrs. Monroe ab sofort die Leitung ihres neuen Zuhauses übernehmen sollten und dass Helena bei ihrer Freundin bleiben sollte, bis ihre Vorbereitungen für eine endgültige Abreise abgeschlossen waren.

Dann würden sie gemeinsam zu Madame Scranton zurückkehren und dort bis zu den Juniferien bleiben, in denen Dolores ihr Diplom als „fertige" junge Dame erhalten würde.

Eines Tages bat Dolores Helena, ihr bei der Auswahl und Verpackung der Bücher zu helfen, die sie aus der Bibliothek ihres Onkels mitnehmen wollte. Nach seinem Testament sollte sie den Teil seiner Sammlung behalten, den sie am meisten schätzte.

„Alle auf dem zweiten und unteren Regal können Sie abnehmen", sagte sie. „Sie sind meine Favoriten – sie haben mir geholfen, meinen Geist und meine Prinzipien zu formen, und sie kommen mir wie persönliche Freunde vor – und sie sind weitaus zuverlässiger als die meisten Menschen."

Helena las die Titel der Bücher, während sie sie abstaubte und in die Verpackungskartons legte.

Es gab alle Werke von Chas. Fourier, Geschichten aller kommunistischen Gesellschaften der Antike und Neuzeit; alle Werke von George Sand, Voltaire, Shelley, sein Leben und Werk; Das Leben von Mary Wollstonecraft und ihre „Verteidigung der Rechte der Frauen"; Onderdonks „Ehe durch die Gesetze Gottes verboten"; Balzacs „Kleine Ärgernisse des Ehelebens"; „Nachteile des verheirateten Staates" – ein antikes Buch mit der Jahreszahl 1761; Werke von Mitchell und J. Johnson zum gleichen Thema; und viele andere von unbekannten Autoren. Mit Ausnahme einiger weniger waren es fast alle Bücher, von denen Helena noch nie gehört hatte. Sie blätterte in den Seiten von Fourier und seufzte.

"Liebe mich!" Sie sagte: „Wie viel tiefer dein Geist ist als meiner, Dolores. Ich könnte niemals auf der Welt solche Bücher lesen; ich könnte mich nie für sie interessieren. Ich glaube nicht, dass ich jemals eine andere Person gekannt habe, die so klug ist wie du." sind – für dein Alter."

„Ich nehme mir keine Ehre", antwortete Dolores; „Es ist alles das Ergebnis der Ausbildung meines Onkels . ‚Wenn der Zweig gebogen wird, neigt sich der Baum.' Und doch glaube ich, dass mich das Tagebuch meiner Mutter wie nichts anderes auf diesen Gedankengang vorbereitet hat. Eines Tages , Lena, werde ich dir dieses Tagebuch zeigen; dann wirst du mich und meine Ideen besser verstehen. Aber noch nicht; deine Der Verstand ist zu kindlich, um solche traurigen Wahrheiten zu begreifen. Und dennoch denke ich, dass sie uns kaum zu früh zur Kenntnis gebracht werden können."

Helenas Neugier war geweckt und ihr erster Impuls war, Dolores um das Tagebuch zu bitten oder sie zumindest zu drängen, etwas über die Natur des Inhalts preiszugeben. Aber ein zweiter Gedanke veranlasste sie, ganz anders zu reagieren.

„Ich würde mir wünschen, dass meine Mutter zuerst das Tagebuch liest", sagte sie, „wenn es Informationen über Dinge enthält, von denen ich jetzt keine Ahnung habe. Ich bin sicher, sie würde am besten beurteilen können, ob ich eine solche Anleitung benötige oder nicht." Sie hat mir immer gesagt, ich solle mich bei allem , was mich überrascht oder verwirrt, zuerst an sie wenden, um eine Erklärung zu bekommen . Ich bin mir sicher, dass sie es nicht gutheißen würde, wenn ich ihr in diesem Fall nicht gehorchen würde."

„Da hast du völlig Recht, Lena", antwortete ihre Freundin mit dem Gefühl, leise zurechtgewiesen worden zu sein. „Ich weiß, dass ich zu offen mit Ihnen über diese Angelegenheit gesprochen habe; ich habe Ihre Neugier geweckt, und das zu keinem guten Ergebnis. Aber irgendwie rede ich mit Ihnen vorbehaltloser als jemals zuvor mit irgendjemand anderem. Ich weiß nicht warum . "; Ich war immer stolz auf meine Zurückhaltung – doch dein süßes Mitgefühl scheint meine Vorsicht zu zerstören. Ich respektiere deine feine Vorstellung davon, was deiner Mutter gebührt, und ich werde dir die Überzeugungen meines Herzens nicht noch einmal aufzwingen, Liebes."

Dennoch war es Helenas eigenem Ehrgefühl zu verdanken, dass Dolores ihren jungen und völlig unschuldigen Geist nicht erschreckt und schockiert hatte, indem sie unschöne Tatsachen und unhöfliche Wahrheiten ans Licht brachte, auf die sie völlig unvorbereitet war. Dennoch hatte Madame Scranton Mrs. Maxon versichert, dass Miss King eine bewundernswerte Begleiterin für ihre kleine Tochter sei. So wenig versteht der sorgfältigste Erzieher in der Regel die komplexe Natur seiner Fürsorge, und so wenig erkennt der umsichtigste Elternteil die Gefahren, denen er seine Tochter in diesen Intimitäten im Internat aussetzt.

Es kam Helena so vor, als wäre sie Jahre älter und trauriger, als sie Dolores nach Ablauf von drei Wochen zurück zur Akademie von Madame Scranton begleitete.

Der plötzliche Tod von Mr. Laurence in der Nacht ihrer Ankunft, die Düsternis der folgenden Tage, die herzzerreißende Trauer von Dolores, als sie dem alten Haus ein letztes Mal Lebewohl sagte und obdachlos, obwohl eine Erbin, ging , alles trug dazu bei, Helenas normalerweise gute Laune zu betrüben und zu deprimieren.

„Ich bin froh, dass ich mit Dolores nach Hause gegangen bin", schrieb sie an ihre Mutter, „sowohl weil das arme Mädchen mich in ihrer schwierigen Zeit brauchte, als auch weil ich dadurch dem Himmel dankbarer denn je für den Segen meiner lieben Eltern geworden bin." , und mein glückliches Zuhause. Arme Dolores! Sie hat ein Vermögen und große persönliche Schönheit und einen wunderbar tiefen Geist; du wärst überrascht, Mama, wenn du die Bücher sehen würdest, die dieses Mädchen gelesen hat. Aber sie hat kein Zuhause, keine Mutter, und mein Herz schmerzt für sie. Aus irgendeinem seltsamen Grund scheint sie einen Abscheu, fast Hass, gegen ihren Vater zu empfinden, der noch lebt, wissen Sie. Sie sagt, wenn ich das Tagebuch ihrer Mutter lese, werde ich sie verstehen Besser. Sie verwirrt mich sehr , sie sagt so seltsame Dinge. Aber ich liebe sie sehr, Mama, und ich möchte, dass du sie einlädst, mit mir nach Hause zu kommen, nachdem sie ihren Abschluss gemacht hat. Denken Sie nur! Sie hat keinen Platz auf der Welt Sie kann zu Hause anrufen. Ist das nicht eine furchtbar traurige Situation für ein Mädchen wie sie?" Daher wurde beschlossen, dass Dolores ihre Freundin am Ende des Semesters nach Elm Hill begleiten sollte.

Vielleicht hätte Mrs. Maxon beim Schreiben des süßen mütterlichen Einladungsbriefs, den sie an Dolores schickte, gezögert, wenn sie das Manuskript gesehen hätte, an dem diese junge Dame hart arbeitete: das Manuskript der Ansprache, die sie halten sollte: „Beginn". Tag."

Frau Maxon war anwesend, als dieser Tag kam. Schöne Mädchen in schneebedeckten Kostümen flatterten wie ein Regen aus Apfelblüten über die Bühne der Aula; brachten mit süßen hohen Stimmen hübsche Plattitüden und abgedroschene Gefühle zum Ausdruck, wurden von stolzen Eltern und bewundernden Freunden angehört und beklatscht und verabschiedeten sich anmutig, nicht mehr als Schulmädchen, sondern als junge Damen, die voll ausgestattet waren für „ Gesellschaft."

Alle bis auf einen. Sie kam, in tiefste Trauer gehüllt, mit nur einem Strauß purpurner Stiefmütterchen als Ersatz für die tote Schwärze ihrer Gewänder, aus denen wie ein Stern aus Mitternachtswolken ihr schönes, blasses Gesicht mit der Krone aus goldenem Haar hervorragte.

Als Dolores zu sprechen begann, herrschte vollkommene Stille im Versammlungssaal. Ihre Stimme war klar wie der Klang einer silbernen Glocke, ihre Aussprache deutlich und bedächtig. Ihr Thema war „Frau, ihre Pflichten und ihre Gefahren". In knappen und sorgfältig gewählten Sätzen prangerte sie die Ehe als Knechtschaft und Sklaverei der erniedrigendsten Art an – im Widerspruch zum höchsten Interesse der Gesellschaft als Ganzes und der Frauen im Besonderen. Sie zitierte großzügig aus verschiedenen Autoren, um ihre Behauptungen zu untermauern, und schloss mit einem beredten Appell an alle ihre Klassenkameraden, diese gefährliche Falle zu vermeiden; Selbstständig und stark in ihrer Entschlossenheit, Orte und Häuser für sich selbst zu schaffen, in die Welt hinauszugehen, ungehindert von unauflöslichen und unkongenialen Kameradschaften. Obwohl sie ihre Behauptungen mit äußerst verblüffender Bestimmtheit formulierte, vermittelte ihre gewählte Sprache keine beleidigenden Phrasen. Aber die Ansprache war im Großen und Ganzen so sozialistisch und ihre Ideen so unweiblich und extrem, dass sie sich in dieser Ansammlung konventioneller Mädchen und Matronen, wenn nicht wie eine Bombe, so doch wie ein kleiner Torpedo anfühlte . Und Dolores, schön und brillant und (wenn auch zu zurückhaltend, um eine Favoritin zu sein), zumindest die am meisten bewunderte und beneidete ihrer Klasse, zog sich in tiefem Schweigen vom Podium zurück.

Madame Scranton war zutiefst beschämt über das Verhalten ihrer Musterschülerin. Sie kannte den Titel von Dolores' Ansprache, hatte aber so uneingeschränktes Vertrauen in die Diskretion und das Können dieser jungen Dame, dass sie es nicht für nötig gehalten hatte, das Manuskript einzusehen. Andere Schüler brauchten ihre Aufmerksamkeit, und sie war zuversichtlich, dass Miss King eine meisterhafte Leistung erbringen würde – eine, die ihr und der Akademie Anerkennung zollen würde. Dolores machte es ausnahmslos gut. Madame war sich bewusst, dass sie starke Vorurteile gegen die Ehe hegte; dass sie tatsächlich fast eine Männerhasserin war. Aber diese Ideen würden im Kontakt mit der Welt zweifellos nachlassen. Sie hatte nicht die geringste Ahnung von ihrem starken, hartnäckigen Einfluss auf Dolores' Geist, bis sie in schockierter Überraschung dasaß und ihrer verblüffenden Rede zuhörte.

Sobald es ihre Pflichten erlaubten, beeilte sich Madame, sich bei Mrs. Maxon zu entschuldigen.

„Ich fürchte, Sie werden meinem Urteilsvermögen misstrauen", sagte sie, „wenn Sie Ihre Tochter in die enge Gemeinschaft dieser jungen Dame bringen. Aber in Wirklichkeit ist der seltsame Ausbruch von Miss King für mich völlig unerklärlich. Ich kann nicht verstehen, woher sie auf solche Ideen kam." "

„Ich denke, das kann ich", antwortete Mrs. Maxon leise und erinnerte sich an Helenas Hinweise auf ihre Freundin in ihren Briefen. „Ich bin dabei, die junge Dame mit nach Hause zu nehmen, und ich hoffe, ich kann sie von einigen ihrer krankhaften Ideen befreien. Für junge Damen ist es gut, die Ehe zu einer zweitrangigen und nicht zur ersten Überlegung des Lebens zu machen; aber es ist sehr Es ist bedauerlich, die Sache mit Miss Kings kranken Augen zu betrachten. Es muss einen Grund für ihren eigenartigen Geisteszustand geben. Ich werde versuchen, es zu ergründen.

KAPITEL V.

EIN JUNGER ZYNIKER.

FRAU. MAXON saß auf der gemütlichen Veranda ihres Hauses in Elm Hill, mit einem schneebedeckten Stück Handarbeit in ihren Händen.

Mr. Maxon lehnte sich in einem rustikalen Stuhl zurück und rauchte eine duftende Zigarre. Dolores schwang träge in einer Hängematte in der Nähe , ein wunderschönes Bild träger Ruhe.

Aus seinem Inneren erklang eine selten musikalische Stimme in Liedfetzen:

Der Tag rückt näher, meine Liebe,
an dem du und ich uns trennen müssen;
Doch ob nah oder fern wir sind,
unsere Herzen werden für immer lieben,
Unsere Herzen werden für immer lieben.

Oh Süße, ich werde treu sein, und du
darfst niemals versagen oder schwanken;
Ich halte eine Liebe wie meine für göttlich
und deine – sie darf sich nicht ändern,
oh, schwöre, sie wird sich nicht ändern.

Sie sang die einfachen Worte zu einer leicht fließenden Stimme, mit einer plätschernden Begleitung. Dann schlug sie plötzlich satte Harmonieakkorde an und stimmte ein Lied an, das gut als leidenschaftliche Antwort auf das andere Lied hätte dienen können:

Ich werde wahr sein. Verrückte Sterne verlassen ihren Kurs
und wenden sich, angeführt von rücksichtslosen Meteoren,
von den Pfaden ab, die von ewigen Kräften festgelegt wurden.
Aber mein festes Herz wird niemals in die Irre gehen.
Wie diese ruhigen Welten, deren sonnengesteuerte Bewegung weder
durch Wind noch durch See gestört wird,
so wird meine unbeirrbare und heitere Hingabe
für immer weitergehen, treu zu dir.

Ich werde wahr sein. Leichtes Bellen kann verspätet sein
oder von jeder Brise im Spiel abgelenkt werden;
 Während robuste Schiffe, gut bemannt und reich beladen,
mit breiten Segeln sicher in der Bucht ankern.

Wie ein fester Fels, der standhaft und unerschütterlich
unbewegt dasteht, während verebbende Wellen fliehen,
so würde mein Herz treu bleiben, wenn es verlassen würde.
Ich werde treu sein, auch wenn du mir gegenüber untreu bist.

„Wie wunderbar sich Lenas Stimme im letzten Jahr verbessert hat;“ sagte Mrs. Maxon mit mütterlichem Stolz, als das Lied verstummte. „Und sie singt auch mit großem Gefühl; finden Sie das nicht, Miss King? Sie schien gerade so viel Intensität in diese Worte zu stecken, als ob sie aus ihrem tiefsten Herzen kämen.“

„Sie hat eine bemerkenswert magnetische Stimme, die bei ihren Zuhörern die besten Impulse weckt“, antwortete Dolores. „Ich bin besonders empfänglich für verschiedene Arten von Musik. Eine Geige spricht den künstlerischen und spirituellen Teil von mir an. Eine Pfeifenorgel weckt die dramatische und traurige Seite meiner Natur. Eine Geige erhebt meine Gedanken zur himmlischen Stadt, die mich erwartet.“ . Ein Organ lässt mich fragen, warum dieses tragische Leben jemals meiner unwilligen Seele aufgedrängt wurde. Helenas Stimme berührt mich noch auf eine andere Art. Immer wenn ich sie singen höre, spüre ich einen seltsamen Aufstand all meiner geistigen Kräfte, all meiner moralischen Kräfte. Es scheint mir, dass es nichts gibt, was ich nicht tun und sein kann. Es ist nur eine von tausend Stimmen, die mich auf diese Weise beeinflussen kann.“

„Ich verstehe, was Sie meinen“, antwortete Frau Maxon. „Ich habe fast alle unsere öffentlichen Sänger gehört, und unter ihnen allen besaß Emma Abbotts Stimme für mich mehr von dieser besonderen Qualität, die Sie zu Recht als magnetisch bezeichnen, als jede ihrer zweifellos größeren Rivalen. Ich denke, sie ist auf das elektrische Temperament zurückzuführen.“ des Sängers; und es wird fast immer mit einer selbstlosen Natur in Verbindung gebracht. Aber was auch immer der Grund sein mag, es ist ein großes Geschenk.“

„Ja, und zwar eine, die keine noch so große Ausbildung oder Kultur bieten kann, wenn sie von der Natur verweigert wird. Aber weißt du, ich fühle mich von Lena provoziert, wenn sie die Musik ihrer schönen Stimme für solche Gefühle verschwendet, wie sie in diesen Liedern enthalten sind?“

„Da tänzelst du schon wieder deinem Hobby nach“, lachte Helena, die gerade rechtzeitig aus dem Haus kam, um Dolores‘ Schlusssatz zu hören. „Kannst du mich nicht manchmal in meiner Musik ein wenig Sentimentalität schwelgen lassen, Liebes?“

„Und welche edleren Themen für Lieder kannst du finden, Dolores?“ Frau Maxon fragte sanft: „Als Liebe, Glaube und Loyalität. Sie sind die Grundlagen der Welt und der Gesellschaft.“

„Aber es scheint so lächerlich absurd, dass zwei Menschen schwören, einander für immer zu lieben!" Dolores fuhr mit einem Anflug von Verachtung in der Stimme fort. „Zweifellos halten sie es oft für möglich, aber der eine oder andere wird sicherlich scheitern; und dann macht ein gebrochener Eid die menschliche Schwäche der Veränderung zur Sünde. Ich glaube nicht, dass zwei Menschen sich verpflichten sollten, für immer zu lieben. Wir können nicht zwingen ein Gefühl oder eine Emotion, die bei uns bleibt, nachdem sie sich entschieden hat zu gehen. Wir können uns natürlich aus Prinzip dazu zwingen, seinen Anforderungen gerecht zu werden, auch wenn das meiner Meinung nach eine trostlose Arbeit wäre. Und doch ist es die Situation von Die Hälfte der verheirateten Paare auf der Welt. Die Liebe vergeht wie im Flug und nimmt all die echten Freuden mit sich, die sie in der Gesellschaft des anderen gefunden haben. Dennoch schleppen sie sich auf eine Art Zwang voran und erfüllen ihre Pflicht – pfui, es ist schrecklich, daran zu denken . Die Gesellschaft ist völlig falsch."

Mrs. Maxon ließ ihre Arbeit fallen und sah Dolores mit einem mitfühlenden Blick an.

„Sie müssen zugeben, dass es viele Ausnahmen von Ihrer Regel gibt, Dolores", sagte sie. „Ihr Monat in unserem Haus sollte Sie sicherlich davon überzeugen, dass die Liebe hier viele Jahre lang geblieben ist."

„Ja, da bin ich mir sehr sicher", gab Dolores zu. „Aber Ihr Leben ist in dieser Hinsicht außergewöhnlich. Sie kennen die alte mythologische Geschichte von der Erschaffung von Seelen? Ein Engel steht neben einem flüssigen Meer und taucht in einen langen Stab. An dessen Spitze bringt er eine perfekte Kugel hervor: Sie enthält zwei Seelen – Affinitäten. Er schüttelt sanft die Stange – und eine Hälfte rollt weg: Er schüttelt sie erneut, und die andere rollt in die entgegengesetzte Richtung davon. Tag und Nacht, über Wochen, Monate, Jahre, Jahrhunderte hinweg geht er seiner Aufgabe nach, während die getrennten Kügelchen wachsen und sich vermehren und auf der Suche nach ihrer Verwandtschaft durch die Welt rollen. So zahlreich in ihrer Zahl und so ähnlich im Aussehen, ist es kein Wunder, wenn bei der Auswahl, die sie treffen, Fehler passieren. Das einzige Wunder ist, dass einer in einer Million findet tatsächlich seine eigene Hälfte. Sie, Madame, sind ein Beispiel dafür, dass ein solches Wunder möglich ist, und ich gratuliere Ihnen. Aber die düsteren Aussichten bleiben für die Mehrheit bestehen."

Mr. Maxon nahm seine Zigarre ab und lachte herzlich über die fröhliche Reaktion der jungen Dame.

„Du bist unverbesserlich", sagte er. „Mrs. Maxon, es ist sinnlos, sich zu bemühen, Miss King im Streit zu übertölpeln. Warten Sie jedoch nur, bis Prinz Charming erscheint, und sehen Sie, wie leicht er sie davon überzeugen wird, dass ihre Seelen ursprünglich eine perfekte Kugel waren. Und sie wird ihr versprechen, zu lieben, Ehre und gehorche für immer, ohne zu murren.

"Niemals!" rief Dolores und sprang auf. „Ich werde niemals die Frau eines Mannes werden – das habe ich feierlich geschworen. Ich würde am liebsten in die Sklaverei verkauft werden. Ich kann mir kein erniedrigenderes Schicksal für eine stolze Frau vorstellen als das einer vernachlässigten oder ungeliebten Frau“, und sie betrat plötzlich das Haus.

Es kam eine Zeit, in der sie die Möglichkeit eines noch demütigenderen Schicksals erkannte.

Als Mrs. Maxon an diesem Abend allein in ihrem Zimmer saß und auf die Bettwäsche blickte, klopfte Dolores sanft an ihre Tür.

Als Antwort auf Mrs. Maxons Bitte trat sie vor, ihr schönes Haar floss über ihre weißen Kleider, ihr Gesicht war blass vor unterdrückten Gefühlen.

„Frau Maxon, ich habe Ihnen das Tagebuch meiner Mutter zum Lesen mitgebracht“, sagte sie. „Ich denke, es wird Ihnen helfen, meine Ideen zum Thema Ehe besser zu verstehen. Kein Auge außer dem meines Onkels und meines eigenen habe jemals die Seiten durchgelesen. Aber ich möchte, dass Sie es sehen – damit Sie mich besser verstehen können.“ Und sie legte Mrs. Maxon das kleine Tagebuch in die Hand und glitt davon.

Am nächsten Morgen erhielt Dolores einen Brief, der die unerwartetsten Veränderungen in ihrem Leben mit sich brachte. Das war der Brief:

„ NY CITY , 30. Juli 18—.

„ FRÄULEIN DOLORES KING :—

„Es ist durchaus möglich, dass Sie Ihren Onkel, Mr. Laurence, von Sarah Winters sprechen hören. Ich war einst eine enge Freundin Ihrer Mutter vor ihrer Heirat. Nach ihrem Tod habe ich zweimal angerufen, um Sie, ihr Waisenkind, zu sehen. Dann habe ich geheiratet und Sie für mehrere Jahre aus den Augen verloren. Kürzlich erreichte mich zufällig die Nachricht vom Tod Ihres Onkels und Ihrem zweiten Trauerfall. Ich stellte Nachforschungen an und erfuhr, dass Sie die Madame Scranton's Academy abgeschlossen hatten, und das, obwohl Sie über eine entsprechende Kompetenz verfügten Sie waren völlig heimatlos. Jetzt werde ich Ihnen sagen, mit welchem Ziel ich mich an Sie wende. Vor einigen Jahren wurde ich als Witwe und ohne Mittel zurückgelassen. Während meiner Jugend und meiner frühen Ehe hatte ich viel im Ausland gelebt. Ich war mit dem vertraut Old World und verstand sozusagen alle Besonderheiten des Reisens. Und mir drängte sich die Idee auf, mein Wissen in die Praxis umzusetzen. Folglich wurde ich eine professionelle Begleiterin für Gruppen von Damen, die reisen wollten Reisen Sie im Ausland und sehen Sie mit möglichst geringem Aufwand den größtmöglichen Teil der Alten Welt. Für eine bestimmte Summe erkläre ich mich damit einverstanden, Partys durch die begehrtesten Teile Europas zu führen, alle anfallenden Reiserechnungen zu bezahlen und sie sicher in ihr Heimatland zurückzubringen. In zehn Tagen reise ich mit meiner fünften Expedition ab – sie besteht aus zwanzig Damen, für deren Charakter und Ansehen ich mich verbürge. Möchten Sie nicht bei uns mitmachen? Ich brenne darauf, meine Bekanntschaft mit Ihnen, dem Waisenkind meines alten Freundes und Begleiters, zu erneuern. Für Informationen über mich verweise ich Sie auf Smith & Millet, Bankers; der Rev. Dr. Bradly, Rektor von St. Paul's, &c., &c.

Dann folgte eine lange Liste mit Referenzen sowie die Bedingungen für die Expedition. Der Brief wurde von Frau Sarah Butler unterzeichnet.

Dolores gab den Brief Herrn und Frau Maxon zur Durchsicht und Meinungsäußerung weiter. „Ich erinnere mich, wie mein Onkel von Mrs. Butler sprach", sagte sie. „Ihr Mann war ein elender Trunkenbold und hat ihr gesamtes Vermögen in einer ausschweifenden Karriere verschwendet. Ich würde so gerne ins Ausland gehen; es war der Traum meines Lebens."

Dementsprechend schickte Herr Maxon ein oder zwei Anfrageschreiben bezüglich Frau Butler und erhielt Antworten, die alle ihre Aussagen bestätigten. Und Dolores beschloss, diese Gelegenheit zu nutzen, unter solch hervorragender Obhut zu reisen.

Seit dem Tod ihres Onkels kam ihr die Zukunft wie ein uferloses Meer vor – eine Wasserverschwendung, ohne dass eine grüne Insel in Sicht war. Sie hatte keine Möglichkeit gefunden, irgendwelche Pläne zu schmieden, sondern hatte jeden Tag so akzeptiert, wie er kam, und nicht gewagt, darüber hinauszuschauen. Jetzt war sie dankbar, dass jemand anders etwas für sie geplant hatte. Sie schrieb ihre Zusage an Mrs. Butler und verließ nach wenigen Tagen die süße Ruhe und Abgeschiedenheit dieses idealen Zuhauses – für immer.

Sie weinte heftig, als sie sich von Helena trennte, und drückte sie immer wieder ans Herz, das sie eines Tages mit der ganzen Wut einer verzweifelten Seele hassen würde.

KAPITEL VI.

Die Sicht einer Mutter auf die „Rechte der Frau".

FRAU. MAXON las das Tagebuch und gab es am Abend vor ihrer Abreise an Dolores zurück. Doch in der Eile und Aufregung des Anlasses fand sie keine passende Gelegenheit für ein langes mütterliches Gespräch mit der jungen Dame, wie sie gehofft hatte. Als sie das Buch zurückgab, sagte sie lediglich:

„Ich freue mich, dass Sie mir erlaubt haben, dies zu lesen, Dolores. Es hat mir ermöglicht, Ihre seltsame Abneigung gegen die Ehe besser zu verstehen. Ihre Mutter war eine unwillige Mutter, und Ihre Natur ist von den rebellischen Gefühlen durchdrungen, die ihr Herz und Gehirn erfüllten. I Ich hoffe jedoch, dass Sie ihnen entwachsen und sich in einem glücklichen Zuhause niederlassen. Ich könnte Ihnen keine größere Freude wünschen als ein Eheleben, das so sympathisch und angenehm ist wie mein eigenes."

Nachdem Dolores gegangen war, kam Helena auf das Thema des Tagebuchs zurück.

„Dolores hat mir erzählt, dass du es gelesen hast, Mama, und ich bin wirklich neugierig auf den Inhalt dieses geheimnisvollen Buches Wahrheiten, die ich wissen sollte; aber ich würde es nicht ohne Ihre Erlaubnis lesen. War Dolores' Mutter eine Frau, der sehr Unrecht getan wurde, Mama? Und war ihr Mann so sehr unfreundlich zu ihr? Dolores schien seine Erinnerung fast zu verabscheuen, und ich bildete mir ein, dass er es tun musste war ein sehr grausamer Mann."

Mrs. Maxon nahm Helenas Hand und zog sie auf eine niedrige Ottomane neben sich. Sie waren ganz allein.

„Nein, mein Kind", sagte sie ernst; „Mr. King war kein grausamer Mann, und Mrs. King war keine Frau, der viel Unrecht getan wurde. Aber ihre Ehe war nicht wahr und heilig, gemäß meiner Vorstellung von dieser heiligen Beziehung. Auf den ersten Seiten des Tagebuchs geschrieben Kurz vor und nach der Hochzeit spricht die junge Braut ständig von ihrem Stolz, eine brillante Allianz geschlossen zu haben. Es scheint, dass sie durch ihre Heirat ihre Lage im weltlichen Sinne verbessert hat, und es war eher dieser Ehrgeiz als eine große Liebe. was zu der Verbindung führte. In den ersten Monaten ist das Tagebuch voller Hinweise auf Empfänge, Abendessen und Bälle, bei denen sie bewundert und umworben wurde. Dann beginnt eine Reihe wilder, verzweifelter Klagen gegen Providence, ihren Ehemann und die Welt.

Bittere, unvernünftige Ablehnung der Ehe und trauriges, ebenso schwaches wie nutzloses Bedauern über ihre verlorene Freiheit. All dies wurde durch das Wissen verursacht, dass sie Mutter werden würde. Ihre Gefühle schienen in heftiger Wut auf ihren Ehemann zu gipfeln. und verärgerter Zorn über ein Gesellschaftssystem , das ihrer Meinung nach brutaler sei als die Gesetze, die über Rohlinge herrschen; denn sie sind niemals gezwungen, unerwünschte Nachkommen zur Welt zu bringen, obwohl jeder Instinkt dagegen schreit. Angesichts der Intensität dieser Emotionen ist es kein Wunder, dass der Geist ihrer Tochter von ihnen beeindruckt war. „Nun, mein süßes Kind", fuhr Mrs. Maxon fort und zog Helena näher an ihre Seite, „ich weiß, das alles ist sehr seltsam für dich, aber es ist ein Thema von enormer Bedeutung für unser gesamtes Geschlecht – für die ganze Welt; und ich denke, Sie sind in einem Alter, in dem Sie es vollständig verstehen sollten.

„Das hat Dolores gesagt, Mama", unterbrach Helena. „Sie sagte, ich sollte diese Dinge wissen, und sie wollte, dass ich das Tagebuch lese."

„Ja, aber ich bin froh, dass du es nicht gelesen hast", antwortete ihre Mutter. „Es wäre, als würde man in einem zerbrochenen Spiegel nach einem Spiegelbild seines eigenen süßen Gesichts suchen. Das Tagebuch präsentierte zwar wichtige Fakten zur Betrachtung, aber es stellte sie in einer krankhaften und unnatürlichen Form dar. Das Thema Ehe und Mutterschaft, wie sie im Tagebuch behandelt werden, hätten Sie beunruhigt und schockiert, während sie in Wirklichkeit so heilig und schön sind wie die Religion. Es ist von größter Bedeutung, dass unsere Mädchen und Frauen über diese Themen nachdenken und sie als natürlich und heilig betrachten Ereignisse, bevor sie die Pflichten von Ehefrauen und Müttern auf sich nahmen. Aber es wäre mir ein nachhaltiges Bedauern gewesen, wenn Sie Ihre ersten Ideen zu diesen bedeutsamen Fragen aus dem Tagebuch gewonnen hätten. Von ihrer eigenen Mutter sollte ein Mädchen sein gelehrt, diese Dinge in all ihrer Schönheit und Feierlichkeit zu verstehen.

„Im Fall von Frau King lag ihr erster großer Fehler im falschen Beweggrund, der zu ihrer Heirat führte. Es war Ehrgeiz – nicht Liebe oder Respekt; und Mutterschaft betrachtete sie als Unglück. Sie war offensichtlich eine Frau mit starken Gefühlen, und daher besser in der Lage, den Geist ihrer Nachkommen zu beeinflussen. Das Kind kam mit demselben intensiven Hass auf den Vater und der gleichen Rebellion gegen die Ehe auf die Welt, die das Herz ihrer Mutter all diese Monate erfüllt hatten.

„Wie sehr seltsam!" überlegte Helena verwirrt.

„Ja, seltsam, schön und schrecklich in der Verantwortung, die es unserem Geschlecht auferlegt, Helena. Wir prägen oder beschädigen den Charakter unserer Nachkommen oft durch die Gedanken, die wir während der pränatalen Phase ihrer Existenz hegen. Du weißt, dass ich ein Befürworter bin." für die umfassendste Bildung der Frau; dafür, dass ihr alle Türen zu Berufen, Künsten und Gewerben offen stehen, wenn sie sich dazu entschließt, sich für den Eintritt in sie zu qualifizieren. Dennoch bin ich oft überrascht und gequält, wie ich sehe So viele der am meisten interessierten und eifrigsten Arbeiter in dieser Sache ignorieren oder missbrauchen das große und wunderbare Recht und die Pflicht, die der Himmel der Frau verordnet hat – das Recht, den Geist, das Temperament und den Charakter ihrer Kinder zu formen . Weißt du, meine Liebe, nicht wahr, der weltweite Ruf, den das antike Griechenland in seiner Herrlichkeit für die Schönheit seiner Menschen hatte?"

„Oh ja. Das habe ich alles in der Schule gelernt. Die Griechen waren die hübschesten Menschen – körperlich die vollkommensten, nehme ich an – aller Rassen, die es je gab."

„Ja, das ist wahr, Helena. Und jetzt möchte ich dir den Grund dafür nennen. In Griechenland wurde eine Frau, die Mutter werden sollte, vor jedem Ärgernis, jedem Schmerz und jeder Gefahr beschützt; und von allen Menschen als göttliches Wesen, von Gott als heiliger Bote aus Seinen eigenen Höfen auserwählt. Sie war umgeben von wunderschönen Gemälden, Musik, Literatur und einer Atmosphäre der Liebe und Hommage. Es ist kein Wunder, dass die Griechen zu den Die schönsten Menschen der Welt. Aber mit der Zeit änderte sich das alles. Männer schafften es nicht, Frauen so zu verehren – und dann fiel Griechenland; und *sein* Ruhm und die Schönheit seiner Menschen gehörten nur noch der Vergangenheit an. Dort ist eine alte mythologische Sage, dass die Seele eines Mannes, der zu diesem Zeitpunkt eine Frau misshandelt, nach seinem Tod in den Körper einer Eule eindringt und dort drei Generationen lang verbleibt. Aber in unserem eigenen Land, glaube ich, misshandeln sich Frauen häufiger. Alles falsch Jeder Impuls, jeder unfreundliche Gedanke oder jede unfreundliche Handlung, die in dieser heiligen Zeit in das Herz einer Frau eindringt, sollte mit Vorsicht und Gebet behütet und zerstreut werden. Schöne Musik hören, schöne Gegenstände betrachten, eine angenehme Umgebung genießen – diese Dinge sind für eine Frau nicht immer erreichbar. Aber Bemühungen um Selbstbeherrschung, eine selbstlose Voraussicht für die Zukunft des Kindes und Gebete – der Demütigste kann diese Mittel zum gewünschten Ziel einsetzen. Das Gebet ist der Schlüssel zum Himmel. Es öffnet uns den Zugang zum Sakrament der Engel. In Gottes riesiger Regierung hat er ständig einen Stellvertreter von Engeln, die jeden Menschen beschützen. Wenn wir uns an sie wenden, verdoppeln sie ihre Bemühungen, uns zu helfen und uns zu stärken. Wenn wir sie vernachlässigen und ignorieren, werden sie schließlich entmutigt und wenden sich willigeren Seelen zu. Ich glaube, dass es keine Höhen moralischer Größe gibt, die wir nicht erreichen können , wenn wir wachsam im Gebet sind. Ich möchte Sie daran erinnern, dass viele unserer Kriminellen das Ergebnis des Versuchs einer Mutter sind, ihr hilfloses Kind zu zerstören. Der mörderische Impuls wurde auf das wehrlose kleine Geschöpf übertragen, ein Same, der zu einem schlimmen Verbrechen erblühte. Manch ein widerspenstiger und trotziger Sohn, der durch seinen Ungehorsam und seine Rebellion das Herz seiner Mutter bricht, könnte die Ursache bei seiner Mutter ansiedeln.

„Niemals wurde ein Kind sehnsüchtiger herbeigesehnt als nach dir selbst, Helena. Mein Herz strömte über vor Glück, während dieser Monate des Wartens. Als Folge davon ist deine eigene Natur voller Freude und Sonnenschein, und du warst ein Trost." und immer ein Segen für mich. Dennoch war ich mir damals keiner großen Verantwortung bewusst. Erst später im Leben erlangte ich das Wissen, das für unsere jungen Absolventinnen weitaus wertvoller ist als all die Schrecken der Vivisektion, mit denen sie verbunden sind so viele davon sind bekannt.

„Und jetzt gute Nacht, meine Tochter. Denken Sie daran, dass diese Themen niemals leichtfertig oder respektlos besprochen werden sollten; sie sind heilig und heilig und schön; sie sind Teil der Religion, denn sie beziehen sich auf die göttlichen Geheimnisse unserer Existenz."

Kapitel VII.

Die liebenswerte Zynikerin trifft ihr Schicksal.

PERCY DURAND schaute aus dem Fenster seines Abteils, als der Zug in Montivilliers hielt , und beobachtete träge die Leute auf dem Bahnsteig.

„Es gibt nichts Neues unter der Sonne", gähnte er. „Die Welt ist eintönig gleich, gehen Sie, wohin Sie wollen. Es sind immer die gleichen Leute, die sich beeilen, um den Zug zu erreichen, und warten, bis sie die Stufen des Wagens blockieren können, bevor sie sich langsam von ihren Freunden verabschieden. Dann sind da noch die gleichen genervten und belasteten Menschen." – belastete Reisende, die hinter ihnen warteten und innerlich fluchten, und – bei meiner Seele, was für ein sehr hübsches Mädchen!"

Dieses belanglose Finale der müßigen Träumerei des *blasierten* jungen Amerikaners wurde durch den flüchtigen Blick auf ein perfektes Profil, eine Locke gelben Haares und einen anmutig gehaltenen Kopf unter einem flotten Hut verursacht, der am Fenster vorbeiging. Percy Durand glaubte, dass er in dieser langweiligen Welt fast alle Möglichkeiten zum Vergnügen ausgeschöpft hatte. Doch sein künstlerischer Sinn für das Schöne blieb ihm erhalten. Das Studium eines hübschen Gesichtes, sei es eines Mannes, einer Frau oder eines Kindes, war eine seiner größten Freuden.

Als er den Hals reckte, um einen weiteren Blick auf die schöne Vision zu erhaschen, wurde ihm plötzlich bewusst, dass die Tür seines Abteils aufgerissen worden war und dass zwei Damen eingetreten waren.

Erstens, der eigentliche Gegenstand seiner Gedanken; die andere, eine gutaussehende Dame mittleren Alters, deren würdevoller Gesichtsausdruck plötzlich einem Lächeln des Erkennens wich, als ihr Blick auf Percy fiel.

„Na ja, das ist sicherlich Mr. Durand – Nora Tracys Cousin ‚Pierre‘, nicht wahr?" sagte sie und streckte ihre Hand aus. „Ah, ich sehe, du hast mich vergessen."

„Nein, in der Tat, Mrs. Butler, das habe ich nicht!" rief Percy und schüttelte die ausgestreckte Hand durch und durch amerikanisch – nicht die höfliche Berührung kindbedeckter Fingerspitzen, sondern die herzliche Umarmung, die für Amerikaner, die sich in einem fremden Land treffen, so viel bedeutet. „Wie könnte ich die Freundin und Aufsichtsperson meiner lieben Cousine vergessen? Erst gestern sprach sie in einem Brief, den ich erhielt, von Ihnen und sagte, sie hoffe, dass es mein Glück sei, Ihnen zu begegnen. Es ist eine Freude, die ich kaum erwartet hatte Jedoch."

Nachdem Mrs. Butler die Rede mit ein paar höflichen Worten quittiert hatte, wandte sie sich ihrer Begleiterin zu.

„Lass mich dir meinen Schützling vorstellen", sagte sie. „Mr. Durand: Miss King." Und Percy blickte in Augen, die so blau und kalt waren wie das Wasser eines stillen Sees, der unter einem Wintermond schläft, und sah ein Gesicht, das so makellos schön war wie die Gesichtszüge einer Marmorgöttin.

Es gab nichts Romantisches oder Ungewöhnliches an dieser alltäglichen Begegnung zweier Menschen, deren Schicksale auf so tragische Weise miteinander verwoben sein sollten. Keiner war stark von dem anderen beeindruckt oder von ihm angezogen. Es gab keine Vorwarnung vor dem bevorstehenden Schicksal.

Dolores King – jetzt in der Vollkommenheit ihrer Weiblichkeit, gereift durch die Erfahrungen des Reisens, des Kontakts mit der Welt, der breiten Lektüre und all der vielen Vorteile, die finanzielle Unabhängigkeit mit sich bringt – betrachtete Mr. Percy Durand als einen sehr gut aussehenden typischen Amerikaner , in seinen späten Zwanzigern. Vielleicht etwas zu dünn und blond, um ihrem Ideal männlicher Schönheit zu entsprechen, aber ein Mann von vornehmer Haltung und einer wunderbar musikalischen Stimme.

Sie verspürte ein etwas größeres Interesse an ihm als sonst an den zufälligen Bekanntschaften, denen Mrs. Butler ständig begegnete, und zwar aufgrund der Tatsache, dass Nora Tracy, jetzt Mrs. Phillips, eine große Liebling und Liebling von Mrs. Butler war Sein Cousin.

Percy Durand bewunderte die exquisite Schönheit von Miss Kings Gesicht, die anmutige Würde ihrer Haltung und analysierte sie ruhig, wie immer, während er mit Mrs. Butler plauderte.

„Eine kalte und zurückhaltende Natur", dachte er, „ohne die übliche Eitelkeit einer Frau, stolz bis an den Rand des Hochmuts, nicht empfänglich für gewöhnliche Schmeicheleien; und sie hat nie geliebt. Wenn sie es tut – Gott hat Mitleid mit dem Mann!"

Percy Durand hatte die Angewohnheit, Frauen so zu betrachten, wie Studenten der Blumenwelt Blumen betrachten, und er botanisierte sie auf die gleiche Weise. Vor vielen Jahren hatte er das Geschlecht idealisiert; Aber die Treulosigkeit einer Frau hatte zusammen mit der Eitelkeit und dem Egoismus vieler anderer dazu beigetragen, ihn zu desillusionieren. Er war zu feingliedrig, um jemals zu einem erbitterten Zyniker zu werden, und war lediglich ein amüsierter Skeptiker, wenn es um die Überlegenheit oder den moralischen Wert der Frau ging. Er hatte auf der ganzen Welt nach der idealen Frau gesucht – dieser mythischen Persönlichkeit seiner frühen Träume. Aber er hatte festgestellt, dass so viel Neid, Eifersucht und

Egoismus das Geschlecht im Allgemeinen beeinträchtigten, er hatte so unansehnliche Schönheitsfehler bei einigen der scheinbar makellosesten Naturen entdeckt, dass er die Suche als hoffnungslos aufgab.

„Kein Mann, der heiratet", sagten seine Freunde, als sie über ihn sprachen. Gutaussehend, elegant und das jüngste Mitglied eines wohlhabenden New Yorker Importhauses, war er eine begehrenswerte Eroberung für ängstliche Mädchen. Aber Percy Durand schien entweder zu herzlos oder zu egoistisch, um die Rolle des Benedict zu übernehmen.

„Meine Cousine, Mrs. Phillips, wird gerne Einzelheiten über Sie erfahren, Mrs. Butler", sagte er, während sie miteinander plauderten. „Betreuen Sie dieses Jahr Ihre übliche Schar junger Damen?"

„Miss King ist seit fast vier Jahren meine einzige Schützin", antwortete Mrs. Butler lächelnd. „Vor fünf Jahren schloss sie sich einer Gruppe von zwanzig jungen Damen unter meiner Obhut an. Nach ein paar Monaten beschloss sie, im Ausland zu bleiben, und überredete mich problemlos, die Position der Begleiterin und Aufsichtsperson zu übernehmen. Wir haben eine entzückende, unkonventionelle Art geführt." Zusammenleben. Ein Jahr in Paris; Winter in Rom, Genua, Florenz; Sommer in Nordeuropa – tatsächlich reisen oder verweilen, wohin auch immer die Impulse meiner jungen Freundin sie führten. Gerade sind wir auf dem Weg zur Pariser *Weltausstellung* . "

„Und ich auch", sagte Percy, „mit der halben Welt. Ich hoffe, Sie haben verlobte Räume. Ich schätze, es wird einen großen Ansturm und viel Unbehagen geben."

„Miss King hatte ihre gewohnten Wohnungen für sich reserviert. Sie ließ sie alle möbliert zurück, als wir nach Genua fuhren. Ich hoffe, wenn Nora – Mrs. Phillips sollte ich sagen – ins Ausland kommt, kommt sie direkt zu uns. Wir könnten es ihr sehr bequem machen , könnten wir nicht, Dolores?"

„Sicherlich", antwortete Dolores. „Und ich würde mich freuen, sie kennenzulernen. Mrs. Butler macht mich fast eifersüchtig, weil sie häufig auf Ihren Cousin, Mr. Durand, verweist."

„Sie sind sehr nett; aber Frau Phillips kommt dieses Jahr nicht ins Ausland. Sie wird von ihren beiden Kindern zu Hause gehalten. Sie ist die glücklichste Ehefrau und Mutter, die ich je gesehen habe. Für einen Mann mit meinen skeptischen Ansichten zum Thema Ehe." , der gelegentliche Anblick wahren häuslichen Glücks, ist alles, was mich vor absolutem Zynismus bewahrt. Wann immer ich versucht bin, an der Existenz dieser kongenialen Paarung zweier Seelen zu zweifeln, von der wir so viel lesen und so wenig sehen, denke ich an meine Cousin, und erkenne, dass es zumindest in einem Fall existiert .

Genau in diesem Moment hob Miss King, die begonnen hatte, sich in ein Buch zu vertiefen, die beiden Freundinnen zum Plaudern zurück und blickte mit einem leicht amüsierten Lächeln in die Tiefe.

„Entschuldigen Sie", sagte sie, „aber wie lange ist Ihre Cousine schon verheiratet?"

"Vier Jahre." Percy antwortete.

„Ah! Das habe ich mir vorgestellt. Sehen Sie, sie ist kaum über die Versuchsperiode hinausgekommen", lachte Dolores. „Sie wissen, dass die Schlange das Paradies erst einige Zeit nach ihrer Erschaffung betrat. Aber sie kommt immer in der einen oder anderen Form, und der Garten Eden wird immer zerstört. Er hält nie an."

„Jetzt haben Sie Miss Kings Hobby angesprochen, wissen Sie", antwortete Mrs. Butler auf Percys überraschten Blick. „Sie ist die absolutste Zynikerin, die es auf der Welt zum Thema Liebe und Ehe gibt, Mr. Durand. Allerdings lebe ich in der Hoffnung auf eine Besserung durch sie. Wissen Sie, wenn Ungläubige bekehrt *werden* , sind sie die gläubigsten Gläubigen."

„Ich werde nie von meiner festen Überzeugung zu diesem Thema abweichen", antwortete Miss King gutmütig. „Es gibt Menschen, die nur für ein Leben in völliger Freiheit geeignet sind. Ich bin einer von ihnen."

„Und ich, Miss King, bin eine andere!" fügte Percy hinzu. „Ein überzeugterer Junggeselle hat nie gelebt. Die Ehe scheint mir eine erbärmliche Knechtschaft zu sein, immer für einen, oft für beide. Und eine glückliche Verbindung ist nur ein glücklicher Zufall. Immer wenn ich das Läuten der Hochzeitsglocken höre, denke ich mit Byron daran

„Jeder Schlag läutet eine noch geringere Hoffnung ein – der Trauerton der Liebe, die ohne Auferstehung im Grab der Besessenheit tief vergraben ist
"

Ein Lächeln, das ihre Gesichtszüge erwärmte wie ein Sonnenstrahl, erleuchtete Miss Kings schönes Gesicht.

„Ich bin mir sicher, dass wir uns zumindest in dieser Frage weitgehend einig sein sollten, Herr Durand", sagte sie. „Es kommt selten vor, dass ich einen Herrn treffe, dessen Ideen so perfekt mit meinen eigenen übereinstimmen."

„Sie sind zwei dumme Kinder", warf Mrs. Butler ein, „und Ihre Vorstellungen sind viel zu extrem. Die Ehe ist nicht die erbärmliche Knechtschaft, die Sie beschreiben. Jemand hat sehr wahrheitsgemäß gesagt:

‚Wenn auf dieser Welt nichts perfekt ist, ist es die Ehe Vielleicht das Beste unter all dem Bösen. Wenn ein wankelmütiger Ehemann geht, kommt er zurück; aber der Liebhaber – wenn er einmal gegangen ist, kehrt er nie wieder zurück.' Ich bin sicher, Herr Durand, dass Sie aus einer Frau einen hervorragenden Ehemann machen würden.

Percy schüttelte den Kopf. „Das liegt daran, dass du mich nicht kennst", antwortete er. „Was auch immer meine ursprüngliche Natur war, meine Erfahrungen in der Welt haben mich unfähig gemacht, selbstlose Hingabe zu zeigen oder Liebe aufzunehmen."

„Oh, oh!" rief Mrs. Butler, „Ich werde nicht hören, dass Sie sich so verleumden. Jeder Mann, der so freundlich zu Ihrem Cousin war wie Sie, muss ein Herz haben."

„Vielleicht hatte ich das einmal. Aber es gibt so etwas wie das Vergeuden seiner besten Gefühle. Sicherlich kann ich mir jetzt keine Frau mehr vorstellen, die so gut, so schön oder mit so vielen Anmut begabt wäre, die ich machen möchte Sie ist meine Frau. Wenn ich das täte, wäre mir ihre Güte ein Vorwurf, ihre Schönheit würde auf mich verblassen und ihre Beständigkeit würde mich irritieren. Und doch würde mir das Fehlen einer dieser Eigenschaften missfallen. Sie sehen also Ich bin besser dran als Single. Ich denke, meine Cousine hält mich für einen guten Verwandten! Ich bin sicher, dass ich meinen Freundschaften treu bleibe, aber die Voraussetzungen eines begehrenswerten Ehemanns besitze ich nicht. Außerdem bitte ich beide um Verzeihung, meine Dame Zuhörer, ich muss sagen, obwohl ich so wenig Vertrauen in mich selbst habe, habe ich noch weniger Vertrauen in die Frau. Ich habe keine Lust, meine Zukunft in den Händen einer unzuverlässigen Frau zu riskieren.

„Ein Mann mit Ihrer Erfahrung und Ihrem Urteilsvermögen würde diesen Fehler nicht begehen", antwortete Mrs. Butler. „Und Frauen sind von Natur aus sprichwörtlich treu, wissen Sie – sie klammern sich sogar an die Männer, die sie misshandeln."

„Urteil und Erfahrung sind bei der Auswahl einer Frau oder eines Mannes nicht im geringsten von Nutzen", antwortete Percy. „Erstens, weil wir nur in den täglichen Intimitäten der ständigen Gesellschaft die Besonderheiten eines anderen kennenlernen können; und zweitens – zumindest im Fall der Frau – sind das Mädchen und die Frau zwei verschiedene Wesen. Ich habe die liebenswürdigsten und liebenswürdigsten Menschen gesehen Das bezaubernde Mädchen entwickelte sich zu einer wahren Xantippe einer Ehefrau. Was dann die sprichwörtliche Treue der Frau betrifft – ich weiß, das ist die Vorstellung des Dichters vom Geschlecht, aber sie wird in der

Realität nicht bestätigt. Frauen sind genauso fehlerhaft wie Männer, und noch leichter von Versuchungen angegriffen werden. Aber sie sind diskreter und stellen ihre guten Eigenschaften stärker zur Schau als wir. Männer rühmen sich ihrer Untreue, Frauen verbergen sie."

„Rouen!" schrie der Wachmann und riss die Tür des Abteils auf.

"Unmöglich!" rief Percy und sprang auf – „und ich bin gezwungen, hier anzuhalten! Das ist wirklich schade. Aber ich hoffe, dass Sie mir freundlicherweise Ihre Adresse im Grand Hotel schicken, wo ich mich nächste Woche anmelden werde. Ich werde gerne dabei sein." Ich möchte Ihnen während meiner wenigen Wochen in Paris jeden Dienst erweisen, den ich Ihnen bieten kann.

Und mit der unnachahmlichen Anmut des eleganten New Yorkers verneigte sich Percy vor den Damen.

Und das erste Kapitel wurde in einer Romanze geschrieben, die in einer Tragödie enden sollte.

KAPITEL VIII.

SÜßE GEFAHR.

MEINE LIEBE", sagte Mrs. Butler eines Morgens am Frühstückstisch, zehn Tage später, als sie von ihren Briefen aufblickte und die Vision einer blonden Schönheit neben sich sah, „hier ist eine Nachricht von Mr. Durand – dem amerikanischen Gentleman, den wir getroffen haben." , du erinnerst dich. Er ist in Paris und möchte anrufen.

„Das sind erfreuliche Neuigkeiten", antwortete Dolores lächelnd, „und ich hoffe, dass Sie unsere gemeinsame Zustimmung und unsere Komplimente per Post weiterleiten."

„Wirklich, Dolores, du bringst mich wirklich in Erstaunen!" rief Mrs. Butler. „Wann war schon einmal bekannt, dass Sie einem Gentleman gegenüber so freundlich gesinnt waren? Welchen Zauber hat Mr. Durand auf Sie ausgeübt, frage ich mich?"

„Der Zauber der Aufrichtigkeit und des gesunden Menschenverstandes!" antwortete Dolores, während sie an ihrem Kaffee nippte. „Zwei Tugenden, die so selten in der Menschheit sind, dass es kein Wunder ist, wenn sie einen unauslöschlichen Eindruck bei mir hinterlassen haben. Mr. Durand ist fast ausnahmslos der einzige Herr, den ich seit dem Tod meines Onkels getroffen habe, der es nicht für seine Pflicht hielt, zum Ausdruck zu bringen: in Worten oder in der Art, ein Unglaube an die Aufrichtigkeit meiner Ansichten über die Ehe. Sie wissen sehr gut, Frau Butler, wie entmutigend meine Versuche, Freundschaft mit dem anderen Geschlecht zu schließen, aufgrund dieser Tatsache waren .

„Vielmehr liegt es an Ihrem eigenen Charme", korrigierte Mrs. Butler, „und an Ihrem Hass auf das Geschlecht. Männer geben sich nicht so leicht mit der kalten Gleichgültigkeit zufrieden, die Sie als Freundschaft einer so schönen Frau wie Sie selbst bezeichnen."

„Aber ich bin nicht kalt oder gleichgültig gegenüber denen, die meine Meinung mit Respekt behandeln", betonte Dolores. „Und ich bin kein Männerhasser. Mir gefällt die Gesellschaft von Männern sehr gut. Ich genieße ihre Gesellschaft mehr als die Gesellschaft der meisten Frauen. Sie haben breitere Ansichten; sie gehen viel mehr aus sich heraus als Frauen; Sie beschäftigen sich weniger mit ihren eigenen Gefühlen und sind daher interessanter. Aber der Egoismus, die Einbildung und die Sinnlichkeit der Männer machen sie zu unmöglichen Freunden für ungeschützte Frauen.

„Du darfst nicht alle Männer in diesen umfassenden Sarkasmus einbeziehen, Dolores. Es gibt Ausnahmen."

„Möglicherweise. Ich hoffe, Mr. Durand ist einer. Ich spreche von Männern, wie ich sie gefunden habe. Erinnern Sie sich an Clarence Walker und wie sicher war ich, dass ich in ihm einen treuen Freund gefunden hatte? Und Sie kennen das Ergebnis."

„Ja, er hat sich unsterblich in dich verliebt. Ich verstehe jedoch nicht, wie einer dieser drei verurteilenden Begriffe auf ihn zutrifft."

„Aber das tue ich. Da er von Anfang an wusste, dass ich fest entschlossen war, nie zu heiraten, hätte er sich nicht erlauben dürfen, an mich als mögliche Ehefrau zu denken. Aber in seiner männlichen Einbildung glaubte er wirklich, dass er die Prinzipien seines Lebens überwinden könnte." . Jeder Mann hält sich für den Prinzen Charming, der den Schlüssel zum verzauberten Palast des Herzens einer Frau besitzt. Positiv ist, dass die Eitelkeit des strengeren Geschlechts in ihrer Größe kolossal ist. Dann, wissen Sie, war da noch Graf D'Estey mit seiner wirklich bezaubernde Schwester und malerische Mutter. Erinnerst du dich an meine Erfahrung mit ihm?"

„Sicherlich. Er stellte sich vor, dass du viel reicher bist, als du bist, mein Lieber, und dein Vermögen und deine Schönheit waren große Versuchungen. Es ist kein Wunder, dass er sich bemühte, dich zu gewinnen. Ausländische Grafen werden geboren, um von amerikanischen Erben unterstützt zu werden. "

„Und er hat durch die vergebliche Anstrengung drei entzückende Freundschaften ruiniert. Doch das lag an der Selbstsucht in der Natur dieses Mannes. Und zu guter Letzt: Kennen Sie das Ergebnis meiner Bekanntschaft mit General Veddars ?"

„Verzeihen Sie, aber das tue ich nicht. Ich weiß nur, dass Sie unerwartet von ihrem Landsitz zurückgekehrt sind, sich mir in London angeschlossen haben und das Thema Ihrer Bekanntschaft mit der Familie nie wieder erwähnt haben. Ich gestehe, dass ich mich oft gefragt habe, was passiert ist Brechen Sie die Intimität auf, die einst so angenehm schien.

„Nun, dann werde ich Ihnen erzählen, was passiert ist", antwortete Dolores mit feinem Spott im Gesicht und in der Stimme. „Weil ich beim Thema Ehe offen und offen war, weil ich wiederholt erklärt habe, dass ich niemals die Frau eines Mannes sein sollte, glaubte General Veddars offenbar, dass es mir völlig an geistiger und moralischer Ausgeglichenheit mangelte. Auf jeden Fall hat er vergaß sich selbst – vergaß, dass er alt genug war, um mein Vater zu sein, und dass seine Frau meine treue Freundin war; und er brachte mich mit seinen Aufmerksamkeiten in Verlegenheit. Ist es ein Wunder, dass ich sein

Haus wütend, schockiert und mit größerer Verachtung verließ? für Männer und Ehemänner denn je?"

Mrs. Butler schüttelte den Kopf. „Es gibt keinen ekelhafteren Gegenstand im Leben", sagte sie, „als einen Mann, der das Feuer einer unberechtigten Jugend bis ins hohe Alter trägt. Ich gestehe, Sie haben guten Grund, von Ihren männlichen Freunden enttäuscht zu sein. Hoffen wir, dass Mr. Durand wird ein Erfolg sein. Eines ist sicher – er stammt aus einer ausgezeichneten Familie, und er genießt den besten Ruf unter Männern, und obwohl er kein Damenmann ist, ist er bei unserem Geschlecht sehr beliebt."

Dolores lachte leicht.

„Die Tatsache, dass seine Familie ausgezeichnet ist, spricht nicht unbedingt für ihn", sagte sie. „Manch ein niederer Schlingel auf der Erde rühmt sich seiner edlen Vorfahren unter der Erde . Und dass er unter Männern den besten Ruf genießt, ist kein Beweis dafür, dass er nicht der schlechteste Begleiter einer Frau ist. Ich bin erleichtert, das von dir sagen zu hören." Er ist kein Damenmann. Dieser Begriff deutet für mich immer auf eine frivole Natur hin, etwas, das bei einem Mann noch unerträglicher ist als bei einer Frau. Aber wirklich, ma chère, *wir widmen* der Diskussion über diesen Fremden mehr Zeit, als es nützt . Wenn wir die Weltausstellung im Detail sehen wollen, wie wir beschlossen haben, *allons à l'Exhibition* .

Ein paar Stunden später, als die beiden Damen unter den wunderschönen orientalischen Baldachinen, die als „Indien-Haus" bekannt sind, schlenderten, sahen sie sich mit dem eigentlichen Thema ihrer morgendlichen Dissertation konfrontiert – Mr. Percy Durand.

Sie tauschten herzliche Grüße aus, und es kam Mrs. Butler so vor, als ob eine zarte Tönung wie der erste schwache Farbton der Morgendämmerung die cremige Blässe von Dolores' Wangen färbte.

„Ich frage mich, was das bedeutet?" fragte sie sich. „Zweifellos die Ehe, dieses endgültige Nirvana, das so viele Theoretiker in Vergessenheit bringt. Der Himmel beschleunigt das Werben!"

Gleichzeitig dachte Percy: „Wie herrlich, ein reizendes und geselliges Mädchen kennenzulernen, das völlig frei ist, deine höflichen Aufmerksamkeiten anzunehmen, und von dem du genau weißt, dass es nichts mehr von dir erwartet und wünscht. Es gibt einem Kerl so ein angenehmes Gefühl." "

Angesichts der Tatsache, dass Herr Durand mehrmals in seinem Leben gezwungen war, vor dem Entwerfen von Mammas und allzu willigen Mädchen zu fliehen, können wir seine etwas egoistische Selbstgespräche verzeihen.

Dolores hatte das angenehme Gefühl, sich in der Gegenwart von Mr. Durand vollkommen wohl zu fühlen, und zeigte sich ungewöhnlich charmant. Percy schlenderte an den Damen vorbei, während sie verschiedene Abteilungen besuchten, und schließlich aßen sie gemeinsam zu Mittag. Sowohl er als auch Dolores verfügten über raffinierten Witz und ein ausgeprägtes Schlagfertigkeitsvermögen, und Mrs. Butler war eine dankbare Zuhörerin ihrer fröhlichen Ausfälle und scharfsinnigen Kritiken.

„Ich habe tatsächlich das Gefühl, als hätte ich euch beide schon mein ganzes Leben lang gekannt!" Sagte Percy im Laufe des Tages. „Es würde Monate oder Jahre in unserem eigenen Land erfordern, um dieses angenehme Gefühl der Kameradschaft zu erreichen. Es gibt nichts Besseres als ein Treffen in einem fremden Land, um das Eis der Zurückhaltung zu brechen."

„Ganz wahr", antwortete Mrs. Butler. „Ich denke, wir genießen hier auch die Gesellschaft des anderen besser, weil wir alle der Ader des Bohemiens frönen, die in uns vorhanden ist und die wir zu Hause sorgfältig vor der Öffentlichkeit verbergen. Zum Beispiel: Ich traf eine Gruppe biederer und respektabler Männer und Matronen aus Boston neulich . Sie hatten gerade der Mabille einen Besuch abgestattet . „Ein sehr böser Ort", sagten sie; „aber jeder scheint dorthin zu gehen, also sind wir gegangen." Dieselben Leute würden kaum einen Konzertgarten in Amerika besuchen, als sie absichtlich ins Fegefeuer gehen würden.

„Ich könnte ähnliche Erfahrungen erzählen", war Percys lachende Erwiderung. „Als ich zum ersten Mal ins Ausland kam , wurde ich von einem sehr gläubigen jungen Mann begleitet. Er hatte mich oft wegen meiner Clubgewohnheiten zur Rede gestellt. ‚Ein schicker Club ist das Vorzimmer zur Hölle eines Spielers', sagte er; und soweit Ich wusste, dass er dem strengen Moralkodex, den er anderen predigte, gerecht wurde. Was mich erstaunte, war, dass seine Neugier auf die böse Seite des Pariser Lebens ziemlich unersättlich war.

„Wunderschöne Parks, schöne Opern und große Kathedralen und Kunstwerke wurden von ihm vernachlässigt, bis er alle Spielhallen und Varietétheater der Stadt Paris zu seiner Zufriedenheit erkundet hatte. Es war sehr amüsant."

Als Percy sich von den Damen verabschiedete, geschah dies mit der Vereinbarung, dass er am nächsten Nachmittag mit ihnen in ihrem vorübergehenden Zuhause in der Avenue Josephine speisen und sie am Abend ins Theater begleiten sollte.

„Noch nie zuvor, Dolores", sagte Mrs. Butler, nachdem Percy sich verabschiedet hatte, „habe ich Sie so charmant gesehen wie heute. Mr. Durand wird ein phänomenaler Mann sein, wenn er für Sie unzugänglich bleibt." Reize, meine Liebe. Aber dann habe ich gehört, dass eine Affäre in seinem frühen Leben sein Herz ziemlich ruiniert hat. Und so, nehme ich an, kann er jetzt keiner Frau mehr als Freundschaft schenken."

Wenn Mrs. Butlers geheimer Wunsch darin bestand, den Wunsch der Frau (der in fast jedem weiblichen Herzen schlummert) zu wecken, nach dem zu streben, was angeblich unerreichbar ist, ist er offensichtlich gescheitert. Ihre Bemerkung gab Dolores lediglich ein zusätzliches Gefühl von Freiheit und Ruhe in Mr. Durands Gesellschaft. „Liebe ist wie Masern", argumentierte sie – „kann beim zweiten Mal nicht auftreten."

Währenddessen sagte Percy zu sich selbst:

„Sie ist eine der Schönsten ihres Geschlechts. Sie erfreut das Auge und unterhält den Geist, ohne das Herz zu berühren."

„Dennoch ist es für jeden Mann eine gefährliche Situation – diese Rolle des innigen Freundes einer liebenswerten Frau, die mir plötzlich zugefallen zu sein scheint. Es wäre klug von meiner Seite und würde wahrscheinlich jede Menge Ärger ersparen." wenn ich sofort in die Flucht flüchtete.

Doch welcher Mensch ist jemals vor einer so süßen Gefahr geflohen?

KAPITEL IX.

JOURNALISTISCHE DISKUSSIONEN.

PERCY „flog" einen weiteren Monat lang nicht und in dieser Zeit verging selten ein Tag, an dem er nicht einen Teil davon mit Mrs. Butler und Dolores verbrachte.

In die künstlerischen Räume in der Avenue Josephine, wo er sich so wohl fühlte, brachte er manchmal einen Freund mit und traf bei seiner Ankunft oft auf eine Schar kluger Leute.

Dolores hatte während ihres längeren Auslandsaufenthalts einen erlesenen Bekanntenkreis unter Künstlern, Musikern und Gelehrten aufgebaut.

Percy kam es so vor, als hätte er in seinem ganzen Leben noch nie so viele charmante Menschen getroffen wie in diesem einen Monat unter Dolores' Dach. Es gab einen ebenso großen Unterschied zwischen der konventionellen Gesellschaft, an die er gewöhnt war, und der interessanten Clique, die Dolores' Salons zierte, wie zwischen einer Hotelkarte und der Speisekarte, die für den Gaumen eines Genießers zubereitet *wurde* . Erstens eintönig, fade und geschmacklos; das andere, gewürzt, appetitlich und abwechslungsreich.

Unter den Dutzenden Menschen, die Dolores unter ihrem Dach versammelte, befand sich ein Mr. Elliott, ein junger englischer Künstler, ein kluger, kultivierter Kerl, wenn auch so etwas wie ein Cockney; Monsieur Thoré , ein berühmter Historiker und Gesetzgeber; Madame Volkenburg , eine Witwe eines deutschen Professors mittleren Alters, eine Dame mit großer Erfahrung und umfassender Bildung, deren Gespräch voller interessanter Erinnerungen war; und Homer Orton, ein amerikanischer Journalist, Genie und Witz.

Nirgendwo sonst, in keiner anderen Klasse oder in keinem anderen Beruf findet man so viel Talent und so viel Witz wie unter unseren amerikanischen Journalisten, wie sehr sie auch die erstere begraben und die letztere fehlleiten.

Mit einem besseren Verständnis von „ *noblesse oblige* ", mit etwas mehr Feingefühl bei der Verfeinerung ihres Witzes, mit viel mehr Ehrfurcht vor der Heiligkeit von Häusern und Persönlichkeiten – auf welche Höhen könnten diese unvergleichlichen Köpfe den amerikanischen Journalismus nicht heben?

„Wissen Sie", sagte Mr. Elliott eines Abends in Percys Gegenwart zu dem Journalisten, „wissen Sie, Mr. Orton, Sie haben mich sehr überrascht?"

„Sehr wahrscheinlich", antwortete Homer Orton und blickte seinen englischen Freund nüchtern an. „Seitdem haben wir Amerikaner Sie Engländer immer wieder überrascht – aber ganz zu schweigen von Dates. Ich würde wirklich gerne wissen, auf welche besondere Weise ich Sie überrascht habe, Mr. Elliott?"

„Nun, in der Tat – jetzt bitte ich Sie, nicht beleidigt zu sein, aber in der Tatsache, dass Sie so ein verdammt guter Kerl sind, wissen Sie. Ich hatte einen ganz anderen Eindruck von amerikanischen Zeitungsleuten. Ich dachte, Sie würden dazu nicht zugelassen werden." Gesellschaft wie diese – dass ihr alle Kerle seid, die eure besten Freunde für einen Gegenstand opfern würden, wisst ihr –"

„ Das würden wir tun – das heißt die meisten von uns", unterbrach Homer ernst. „Ich bin eine seltene und schöne Ausnahme."

„Und ich dachte, Sie wären kaum die Art von Person, die eine Dame wie Miss King in ihrem Haus haben möchte, wissen Sie", fuhr der Engländer fort. „Aber ich finde Sie wirklich ein entzückender Kerl, wissen Sie, und ein wahrer Gentleman."

„Sir", sagte Homer und hob die Hand aufs Herz, „vor einem Kompliment wie diesem versagt mir die Sprache. Es ist eine neue und anstrengende Situation für mich, solche Worte von mir selbst sprechen zu hören, und ich hoffe, Sie werden mich eine Weile entschuldigen." Ich gehe in einen anderen Teil des Raumes und wische unbemerkt eine Träne der Dankbarkeit weg.

Dann ließ der junge Mann plötzlich seinen unbeschwerten Ton fallen und fuhr fort:

„Aber im Ernst, Ihre Meinung über uns als Klasse ist berechtigt, Herr Elliott, und das ist bedauerlich. Wie Herr Durand bezeugen wird, schlägt unser amerikanischer Adler oft zu freizügig mit den Flügeln."

Als Percy angesprochen wurde, äußerte er gerne seine Meinung zu einem Thema, über das er kürzlich viel nachgedacht hatte.

„Es ist eine Frage", sagte er, „die in vielen Jahren entschieden werden muss – wo die Pressefreiheit enden und wo die Rechte des Einzelnen beginnen sollen. Mir scheint, dass selbst unsere sogenannten besten Zeitungen damit einverstanden sind." unnötige und unlizenzierte Freiheiten in diesen Tagen."

„Aber der öffentliche Appetit verlangt nach einer so abwechslungsreichen und stark gewürzten Ernährung, dass wir gezwungen sind, ihn auf jede erdenkliche legitime Weise zu befriedigen. Wenn wir das nicht tun, wird es unser Konkurrenzblatt tun", erklärte Homer Orton.

„Das ist alles schön und gut, wenn man sich an legitime Mittel hält. Aber ich bezeichne das Eindringen in Häuser und die grausamen und oft unwahren Behauptungen über das Privatleben harmloser Individuen als illegitime Mittel, um einen verdorbenen Appetit zu stillen." Die durchschnittliche *Zeitung* Ich halte den Humoristen, der die Wahrheit völlig außer Acht lässt, in seinem Bemühen, eine treffende Sache zusammenzubrauen, nicht für ein notwendiges Merkmal von hohem Journalismus – nicht wahr? Wenn es ihm nur gelingt, ein Lachen hervorzurufen, betrachtet er sein Lebensziel als erreicht. Er erinnert Ich stamme aus dem Stamm der Damaras, die als so völlig herzlos beschrieben werden, dass sie vor Lachen brüllen, als sie sehen, wie einer von ihnen von einem wilden Tier in Stücke gerissen wird."

„ Dennoch ist es weniger Herzlosigkeit als vielmehr Gefühllosigkeit und Gedankenlosigkeit und der Wunsch, klug und witzig zu sein, die dazu führen, dass viele dieser Dinge geschrieben werden", antwortete Homer.

„Ich habe genau diese Ausrede gehört, die ich erst neulich vorgebracht habe", antwortete Percy, „und ich habe diese Antwort gehört, die jetzt ziemlich *passend ist* . Nachdenkliche Naturforscher haben beobachtet, dass oft, wenn ein Löwe oder ein Stier einen Mann tötet, der Das arme Tier hat wirklich keine Bosheit in seinem Herzen und meint es nicht böse. Er hatte nur vor, mit seinem zufälligen Kameraden des Augenblicks zu spielen. Aber dann hat ein Löwe nur Klauen und ein Stier nur Hörner, mit denen er seinen Humor zum Ausdruck bringen kann. und deshalb werden sie auf fatale Weise missverstanden. Es scheint mir also, dass der Chef einer großen Zeitung sich genauso für diese Unfälle verantwortlich machen sollte wie der Hüter einer Menagerie."

„Aber oft hat der Chef einer erstklassigen Zeitung keine Ahnung von den wirklich skurrilen Dingen, die sich in seine Zeitung einschleichen", erklärte Homer. „Wie der Chefkoch in einem großen Hotel kann er nicht jedes von seinen Untergebenen zubereitete Gericht probieren, und kein leitender Redakteur könnte die Anstrengung ertragen, jeden Tag die Kolumne seines Humoristen durchzusehen. Unsere Irrenhäuser würden überlaufen, wenn das so wäre." Methode des Journalismus wurde eingeführt.

„Trotzdem ist es ein laxes System, das solche Fehler (wenn man sie überhaupt Fehler nennen kann) zulässt", beharrte Percy, „und wenn Gäste durch die kriminelle Nachlässigkeit des Hotelkochs ständig vergiftet oder krank gemacht werden, dann glaube ich, dass er." würde zur Rechenschaft gezogen werden, weil er nicht wusste, welche Gerichte seine Untergebenen zubereiteten. Eine Zeitung sollte der Freund und Begleiter des Volkes und ein willkommener Gast in jedem Haus sein. Stattdessen ist sie allzu oft ein heimtückischer Spion, ein Verleumder und Fälscher. Fast Jeden Tag lesen wir Aussagen über Menschen, die absolut jeder Grundlage entbehren und Unheil und Ärger ohne Ende nach sich ziehen.

„Sie beziehen sich zweifellos auf Personen des öffentlichen Lebens – Politiker, Autoren, Schauspieler und dergleichen –, nicht wahr?" fragte Homer. „Ich weiß, dass sie im ganzen Land als Ziele für die Schüsse unserer Humoristen gelten, aber Sie müssen bedenken, dass ein Mann damit nicht rechnen kann, wenn er der Welt freiwillig seinen Namen preisgibt und der Öffentlichkeit seine Arbeit oder seine Persönlichkeit aufzwingt sowohl die Vorteile des Ruhms als auch die Abgeschiedenheit des Privatlebens. Es ist unvernünftig. Er hat sich gewissermaßen der Öffentlichkeit hingegeben, und er muss die Konsequenzen tragen. Und tatsächlich die Tatsache, dass die geschäftigen Zeitungen der Gegenwart geben Zeit und Raum für Diskussionen oder Kommentare zu einer Person sollten als äußerst komplementär angesehen werden .

„Das hängt ganz von der Art der Kommentare ab", antwortete Percy. „Ich beziehe mich auch nicht ausschließlich auf Personen des öffentlichen Lebens. Unsere wohlhabenden Männer und ihre Frauen und Töchter sind denselben groben Kommentaren ausgesetzt. Ihre persönlichen Mängel werden lächerlich gemacht, und das erbarmungslose und grässliche elektrische Licht der Öffentlichkeit wird auf ihre heiligsten Freuden geworfen. " oder Kummer. Jeden Tag tauchen Dinge auf, denen es an Wahrheit und Witz mangelt, über Menschen, die kein größeres Vergehen begangen haben, als in einer besonderen Berufung erfolgreich zu sein. Sie werden von der Mehrheit der Massen kopiert, erweitert und geglaubt. Es ist ein degeneriertes System des Journalismus, der dies zulässt. Es ist höchste Zeit, dass ein männlicher Journalist einen Kreuzzug dagegen beginnt."

„Ich stimme Ihnen vollkommen zu", antwortete Homer Orton. „Ich möchte, dass sich die führenden Zeitungen des Landes zusammenschließen, um die Menschen vor Beleidigungen und kleinlichen Verleumdungen in ihren Kolumnen zu schützen: und ich möchte, dass der Imaginary Interviewer in jeder seriösen Zeitschrift abgeschafft wird."

„Was ist der imaginäre Interviewer, bitte?" fragte der Engländer.

„Er ist ein Reporter, der, wenn er von einer Person, die er interviewen möchte, den Zutritt verweigert, absichtlich ein Interview erfindet, die Persönlichkeit beschreibt und das Gespräch nach seinem eigenen Geschmack gestaltet. Niemand wurde in dieser Hinsicht jemals mehr missbraucht als Sie." eigener Oscar Wilde, es sei denn, es war Mrs. Langtry. Die erstaunlichsten Haltungen und albernsten Bemerkungen wurden ihnen von Leuten zugeschrieben, die sie nie gesehen haben. Es sind jedoch nicht unsere erstklassigen Zeitschriften, die dies zugelassen haben.

„Würden Sie nicht die vollständige Abschaffung des Interviewers empfehlen?“ schlug Percy vor.

„Sicherlich nicht“, antwortete Homer. „Der Zeitungsinterviewer ist ein Gewinn für die Presse, für das Land und für alle öffentlichen Personen, die sich einen Namen und einen guten Ruf machen wollen. Das heißt, wenn er ein ehrlicher Gentleman ist und die Gastfreundschaft derjenigen, die es zugeben, nicht missbraucht.“ ihn zu ihren Häusern.

„Das Schulmädchen, das einem Mann aus der Öffentlichkeit ein Autogramm schickt, macht ihm ein anmutiges Kompliment, und er sollte es ohne Murren für sie schreiben.“

„Genau auf die gleiche Weise spendet das gesamte Publikum dem Mann von Ansehen stille Ovationen, wenn ein Interviewer seine Karte präsentiert. Die Zeitung würde niemals um die Veröffentlichung eines Interviews bitten, es sei denn, die Masse ihrer Leser wünschte dies. Und der Interviewer sollte es tun.“ Man muss höflich empfangen werden, und der Mann in der Öffentlichkeit sollte sich darüber im Klaren sein, dass so etwas die Pflicht ist, die er auf den Ruhm zahlt. Wenn er dem Interviewer definitiv nichts Interessantes zu sagen hat oder zu beschäftigt ist, um unterbrochen zu werden, sollte er es dem Anrufer sagen also auf eine respektvolle und höfliche Art und Weise. Mancher Mann des öffentlichen Lebens wird vom Reporter in der Presse schlecht behandelt, weil er den Reporter in seinem Haus schlecht behandelt hat.“

„Aber was sagen Sie zu dem Interviewer, der gut behandelt wird und dann die Gastfreundschaft, die er erhalten hat, mit einem Artikel zurückzahlt, der voller Spott und unwahrer Falschdarstellungen über die Persönlichkeit oder das Gespräch seines Entertainers ist? Ich habe gewusst, dass so etwas passiert.“

„Ich glaube nicht, dass es sehr oft vorkommt“, antwortete Homer. „Wenn es dazu kommt, steckt meist persönliche Böswilligkeit dahinter oder eine Haltung der niedrigsten Stufe des skurrilen Journalismus. Es ist sehr schade, dass die Opfer in solchen Fällen keine würdige Wiedergutmachung haben. Eine gründliche Prügelstrafe sollte in Betracht gezogen werden.“ Das stimmt mit der Situation überein. Aber ich denke, in der Regel bemühen sich seriöse Zeitungsleute darum, das Richtige gegenüber denen zu tun, die sie in dieser Angelegenheit mit Höflichkeit behandelt haben. Das Problem ist, dass die Zeitschriften bei den Vertretern, die sie entsenden, nicht vorsichtig genug sind Diese Aufträge. Es erfordert viel Fingerspitzengefühl, zu Lebzeiten annehmbar über das Privatleben und die Persönlichkeit eines Mannes zu schreiben. Kein gedankenloser Junge oder sensationslüsterner Reporter sollte mit einer solchen Aufgabe beauftragt werden. Ich kenne mit Sicherheit einen New Yorker Journalist, der neben einem lockeren und eleganten

Benehmen einen hellen Geist und hervorragende Sprachkenntnisse besitzt, der es für fair hält, durch private Briefe oder vertrauliche Gespräche mit seinen Freunden Informationen zu erlangen und diese Kenntnisse dann für Pressezwecke zu nutzen. Er rühmt sich seines Könnens in dieser Hinsicht."

"Unmöglich!" rief Percy empört.

„Sehr gut möglich", antwortete Homer. „Seine Hingabe an den Journalismus und sein Wunsch, den Appetit der Öffentlichkeit zu stillen, haben jeden Funken moralischer Prinzipien zerstört, den der Kerl jemals besessen hat. Natürlich spiegelt ein solcher Mann den gesamten Berufsstand in Misskredit. Dass er eine Ausnahme von der Regel ist, ich." wissen Sie, aber dass er überhaupt in einer angesehenen Zeitschrift festgehalten wird, ist bedauerlich."

„Ich denke, es gibt noch ein weiteres Merkmal des amerikanischen Journalismus, das man mehr bedauern und erröten muss", sagte Percy. „Das ist die Haltung unserer sogenannten Humoristinnen und Paragrafen gegenüber Frauen in der Öffentlichkeit. Nirgendwo sonst auf der Welt nehmen Frauen eine so erhabene und geehrte Position ein wie in Amerika. Keine andere Frau auf der Welt hat in verschiedenen Bereichen so viel erreicht." Doch nirgendwo sonst sind sie solchen Beleidigungen ausgesetzt wie in den Zeitungen der gesamten Vereinigten Staaten, von der *Primadonna* bis zur Frau, Schwester oder Tochter des Präsidenten."

„Sind Sie mit dieser Aussage nicht etwas übertrieben, Mr. Durand?" fragte Homer Orton. „Sie müssen sich daran erinnern, dass die königliche Familie in der Presse sehr freizügig diskutiert wird und berühmt gewordene Damen sich als Mitglieder der königlichen Familie des Genies betrachten und Zeitungskritik als natürliche Konsequenz betrachten sollten."

„Ich beziehe mich nicht auf Zeitungskritiken", antwortete Percy. „Natürlich hängt der halbe Erfolg einer Schauspielerin, einer Sängerin, eines Autors oder eines Malers von der öffentlichen Kritik ab, und oft kommt es vor, dass der Erfolg umso größer ist, je heftiger die Kritik ist. Aber es sind die lockere Vertrautheit und die groben Scherze der." Artikelsucher, von dem ich spreche. Erst letzte Woche sah ich einen elenden kleinen Artikel, der humorvoll, aber eigentlich brutal sein sollte, in der Presse kursieren und sich mit den fortgeschrittenen Jahren einer berühmten Opernsängerin befassen, einer Frau, die sich einen Namen gemacht hat Sie hat unserer Nation durch ihre brillante und makellose Karriere geholfen.

„Ich habe den Artikel gesehen, auf den Sie sich beziehen", sagte Mr. Elliott, „und ich habe mich gefragt, ob er mit der landesweiten Prahlerei übereinstimmt, dass Amerikaner die freundlichsten und rücksichtsvollsten

Männer der Welt gegenüber Damen sind. Es schien mir eine unangebrachte-
für und unvorsichtige Unhöflichkeit gegenüber einer edlen Dame."

„Ich frage mich oft", fuhr Percy fort, „ob die Kerle, die diese Dinge begehen,
innehalten und bedenken, dass die öffentlichen Frauen, deren Namen sie so
freizügig verwenden, die Schwestern, Ehefrauen oder Mütter von *jemandem
sind* , und das in neun von zehn Fällen." , sie führen ein öffentliches Leben
oder haben zunächst eine öffentliche Karriere begonnen, um ihren
Lebensunterhalt zu verdienen. Wenn die Zeitungsleute des Landes jemals
diese Ansicht zu der Sache vertreten würden, würde ihr erster Impuls meiner
Meinung nach darin bestehen, jeden abzuschirmen, zu beschützen und zu
helfen Selbsttragende Frau im Land. Auf jeden Fall würde ich denken, dass
jeder vernünftige Journalist erkennen würde, dass es zwar die Aufgabe der
Zeitung ist, kompetente Kritik an der Stimme des Sängers, am Buch des
Autors und an der Rede des Autors zu üben Für den Redner ist es nicht seine
Aufgabe, schlechte Wortspiele oder beleidigende Bemerkungen über das
Alter, die persönlichen Mängel oder das häusliche Leben des Sängers, Autors
oder Redners zu machen. Diese Dinge sollten von seriösen Zeitschriften, so
wie sie sind, tabu sein sind in einer angesehenen Gesellschaft tabu. Unsere
Journalisten sollten bei ihren Verweisen auf private Angelegenheiten von
Personen in gedruckter Form genauso vorsichtig sein wie bei Gesprächen in
ihren Salons, wo skandalöse oder unverschämte Verweise auf Abwesende als
„schlechter Ton" gelten würden. Ich verstehe wirklich nicht, wie
irgendjemand von uns, der die Tageszeitungen liest, es wagen kann, sich der
amerikanischen Ritterlichkeit zu rühmen."

„Die Ritterlichkeit des durchschnittlichen Mannes", sagte Dolores, die sich
in diesem Moment der Gruppe näherte, „besteht darin, eine Frau vor jedem
Mann außer sich selbst zu schützen. Und jetzt, meine Herren, müssen wir
eine Rezitation von Madame Volkenburg hören . Gerne Kommen Sie zu uns
und hören Sie zu?

KAPITEL X.

Ein Diskurs über Selbstmord.

Eines Tages besuchten Mrs. Butler, Dolores, Percy und einige ihrer Freunde das Quartier Latin – die alten Häuser der Grisettes – einer Rasse, die schnell ausstarb.

„Ich wollte diesen Ort schon immer besuchen", sagte Dolores auf dem Weg dorthin. „Es ist ein Abschnitt des Pariser Lebens, der auf mich eine seltsame Faszination ausübt."

„Zweifellos haben Sie die Grisettes mit einem Heiligenschein der Romantik umgeben", antwortete Percy. „Wenn ja, wird es vollständig verschwinden, wenn Sie sich nähern. Was für Wesen sind das Ihrer Meinung nach?"

„Körperlich hübsche Sirenen: geistig frivol; moralisch lax, zweifellos aufgrund ihrer Bildung. Genau der Stil einer Frau, der eine romantische Studentin fasziniert."

Percy lachte. „Das ist die vorherrschende Idee", sagte er; „Aber es ist völlig anders als die Realität, wie Sie sehen werden."

Was Dolores sah, waren Gruppen zufrieden aussehender Mütter, ordentlicher Hausfrauen und bequemer junger Matronen. Frauen, deren Leben ihrem Zuhause und ihrer Familie gewidmet war. Im Allgemeinen gepflegt und bescheiden im Aussehen, aber keinesfalls auffallend attraktiv oder schön.

„Hier gibt es alle Anzeichen für ein glückliches häusliches Leben", sagte Percy. „Diese Frauen sind gute, wahre Gemahlinnen und zufriedene Begleiterinnen. Sie tauschen ihre kulinarischen und hauswirtschaftlichen Erfolge sowie ihre Loyalität gegen ein wenig Zuneigung, Schutz und Unterstützung ein. Im Großen und Ganzen führen sie ein sehr angenehmes Leben – solange es anhält." "

„Ihre Stellung ist weitaus beneidenswerter als die einer durchschnittlichen Frau", antwortete Dolores, „denn wenn sie in ihren Beziehungen unglücklich sind, können sie zumindest davonkommen; und ich habe keinen Zweifel, dass ihnen mehr Hingabe und Loyalität entgegengebracht wird als den meisten anderen." Verheiratete Frauen tun das. Die Position der Letzteren scheint mir die demütigendere von beiden zu sein.

Percy betrachtete Dolores mit ernster Miene.

„Du bist ein seltsames Mädchen“, sagte er. „So extrem Sie auch in Ihren Ideen sind, in dem, was Sie sagen, steckt viel Wahres. Ich habe sehr wenig Respekt vor den Ehemännern meiner Bekannten. Und dennoch glaube ich, dass Gott wollte, dass jeder Mann eine Partnerin hat und ihr treu bleibt im Leben und im Tod. Das ist mein Ideal einer vollkommenen Männlichkeit – allerdings ein Ideal, das ich nie zu erreichen erwarte. Es gab eine Zeit, in der ich es für möglich gehalten habe – aber jetzt lebe ich für das Vergnügen der Stunde und verschwende keine Zeit mit Theorien oder im Moralisieren. Das Leben ist zu kurz. Aber eines bin ich mir sicher, Miss King – absolut sicher.“ Er hielt inne und sie blickte auf und erwartete eine ernste Bemerkung. „Und das heißt – dass Sie der charmanteste Begleiter der Welt sind.“

Auf dem Rückweg zur Avenue Josephine sahen sie, wie ein schönes Mädchen, das sich gerade in die Brust geschossen hatte, ins Krankenhaus eingeliefert wurde. Ihre schönen Gesichtszüge waren vor Schmerz verzerrt und ihr qualvolles Stöhnen, als sie von der Straße hochgehoben wurde, wo sie hingefallen war, war herzzerreißend anzuhören. Später, als sie in Dolores‘ Salons saßen, begannen sie alle über Selbstmord zu diskutieren.

„So schrecklich es auch erscheinen mag“, sagte Dolores, „ich kann es wirklich nicht für ein so großes Verbrechen halten, wie es viele tun . Wir werden nie gefragt, ob wir auf diese Welt kommen sollen. Das Leben wird uns aufgedrängt, und wenn, wie in diesem Fall.“ Von diesem armen Mädchen wird es vielleicht zu einer unerträglichen Last, ich kann nicht anders, als zu denken, dass Gott der leidenden Seele vergeben wird, die die Last ablegt. Ich habe immer das größte Mitgefühl für Selbstmorde empfunden. Es ist eine feige Tat, das gebe ich zu, und doch ist es so ist eine Feigheit, die ich verstehen und dulden kann. Und ich denke, Gott wird sicherlich so mitfühlend sein wie ein Sterblicher.“

„Sie kennen Dantes Beschreibung des Siebten Kreises“, schlug Percy vor, „und die Schrecken, die die unbesonnene Seele eines Selbstmörders erwarten:

„Wenn die wilde Seele den Körper verlässt, von selbst
auseinandergerissen, zum siebten Golf,
von Minos dem Untergang geweiht, fällt sie in den Wald,
kein zugewiesener Ort, sondern wohin auch immer
der Zufall sie geschleudert hat.“

„Aber das war lediglich die poetische Äußerung eines visionären Geistes“, antwortete Dolores. „Niemand glaubt heutzutage an einen Gott, der sich solch grausamer Strafen für Sünde oder Irrtum schuldig machen könnte, wie Dante es beschreibt; und dann behaupte ich, dass Selbstmord in vielen Fällen kein Verbrechen, sondern lediglich eine feige Tat ist.“

„Aber lassen Sie das Verbrechen der Tat beiseite und bedenken Sie, in was für einer unbequemen Lage sich die arme Seele befinden könnte!" schlug Percy vor. „An einen Ort zu gehen, an dem wir weder erwünscht noch eingeladen sind, in dieser Welt, ist eine sehr peinliche Situation, wissen Sie. Und sich plötzlich ohne Einladung in die exklusive Gesellschaft der Engel zu stürzen – ich muss sagen, ich hätte nicht den Mut." es zu tun."

„Nun, ausgerechnet", sagte Frau Volkenburg , „sollte einer von Ihnen jemals Selbstmord *begehen* , erschießen Sie sich niemals selbst und greifen Sie nicht zu irgendeinem widerlichen oder schmerzhaften Verfahren. Ich kann Ihnen eine sehr schnelle und schmerzlose Methode nennen."

"Was ist es?" fragten sie alle im Chor, fasziniert, wie die meisten von uns immer, von einer Diskussion über das Schreckliche.

Alle außer Dolores. Sie wusste es bereits.

„Oh, es ist ein schnelles Gift", erklärte Frau Volkenburg . „Mein Mann, der, wie Sie vielleicht wissen, ein großer Experimentator in der Welt der Chemie war, hat eine Packung davon in seinen Besitztümern gelassen. Es ist eine weiße, glänzende, kristallisierte Substanz und das kleinste Teilchen davon, sobald es sich damit vermischt Der Speichel aus dem Mund und das Verschlucken führen zum sofortigen Tod, und es gibt nichts, was auf Gift hindeutet. Es kann nicht entdeckt werden und lässt den Körper ruhig zurück, als wäre er plötzlich eingeschlafen."

„Warum ist es nicht besser bekannt?" fragte jemand .

„Vielleicht ist es allgemein bekannt; vielleicht ereignen sich viele der plötzlichen Todesfälle durch ‚Herzkrankheiten', von denen wir so oft lesen, auf diese Weise."

„Und es wird, wie Madame Volkenburg sagt, einen schnellen und schmerzlosen Tod hervorrufen, zumindest bei einem Tier", fügte Dolores hinzu. „Als mein kleiner Hund von einem Kutschenrad überfahren wurde und vor schrecklichen Schmerzen weinte und ich wusste, dass er sterben musste, testete ich die Wirksamkeit dieses Giftes an ihm. Es beendete seine Qualen sofort."

„Und übrigens", sagte Madame lachend und wandte sich an Dolores, „ich habe Ihnen genug Gift gegeben, um zehn Hunde oder auch Menschen zu töten, und Sie haben es mir nie zurückgegeben. Seitdem ich Ihre Ansichten zum Thema Selbstmord gehört habe. " Ich denke, ich sollte die gefährliche Droge besser aus Ihrem Besitz nehmen.

„Wenn ich unbedingt sterben wollte, würde mich das Fehlen dieser Droge vermutlich nicht daran hindern, Mittel zur Selbstzerstörung zu finden", antwortete Dolores leichthin. Und in diesem Moment wurden Erfrischungen serviert, und das Gespräch drehte sich um angenehmere Themen.

Nach Ablauf eines Monats – dem schnellsten Monat seines Lebens, wie es Percy vorkam – war er gezwungen, sich von diesem angenehmen Kreis zu lösen und London und Berlin zu besuchen, in dem Geschäft, das ihn wirklich ins Ausland geführt hatte.

Als er am Abend vor seiner Abreise die Salons in der Avenue Josephine betrat, verspürte er eine merkwürdige Niedergeschlagenheit – eine Niedergeschlagenheit, die er sich kaum erklären konnte. Nur könnte dies sein letztes Interview mit seinen charmanten Freunden sein, und „letzte Zeiten" sind immer traurig.

Dolores wirkte ernst, als sie ihn begrüßte, und wenig später sagte sie mit gewinnender Offenheit: „Ich kann mich noch nie erinnern, mich bei dem Gedanken an den Weggang eines anderen Menschen in meinem Leben so einsam gefühlt zu haben, wie ich mich fühle." Deins. Du warst so eine Bereicherung für unseren Kreis; du bist so ein *guter Kamerad;* genau das, was ein Bruder wäre, denke ich. Wie ich dich vermissen werde!"

„Aber ich bin nicht dein Bruder, weißt du", sagte Percy und wollte hinzufügen: „Und deshalb birgt die Verbindung ihre Gefahren." Er ließ es jedoch unausgesprochen, weil er glaubte, sie würde seine einfache Behauptung verstehen.

Aber sie tat es nicht. Sie war eine Frau mit einem Hobby, das den Gedanken an eine Heirat ausschloss. Und sie war von Natur aus eine kalte Frau. Da sie wusste, dass Herr Durand ihre Ansichten voll und ganz verstand und respektierte, konnte sie in seiner Gesellschaft keine Gefahr erkennen. Sie war sehr einsam bei dem Gedanken an seine Abreise. Er war ihr idealer Freund, verloren, sobald er gefunden wurde.

„Es war ein bezaubernder Monat in Böhmen", fuhr Percy fort. „Ich habe es sehr genossen – es ist anders als alles, was ich jemals zuvor erlebt habe. Ich habe die konventionelle Gesellschaft satt gehabt und die Tasse rücksichtsloser Vergnügungen ausgetrunken; aber diese bezaubernde Mischung aus Raffinesse, Esprit und Hingabe war ein … " neues Element für mich.

„ *Apropos* Ihrer Erwähnung eines Monats in Böhmen", sagte Dolores, „ich glaube, dass Herr Orton ein Gedicht über Böhmen geschrieben hat, das er freundlicherweise versprochen hat, es heute Abend vorzutragen. Herr Orton, werden Sie uns jetzt den Vorzug geben?“

„Mir war nicht bewusst, dass Sie ein Dichter sind, Mr. Orton“, bemerkte Percy, als der junge Mann aufstand und anfing, die schüchterne Schulmädchen-Atmosphäre zu zeigen.

„Sir“, sagte der Journalist, warf Percy einen strengen Blick zu und sprach in einem Grabeston, „ich bin alles, was schlecht ist: ein Zeitungsmann, ein Dichter, und –“ er deutete auf das Klavier, „das Schlimmste bleibt uns noch bevor.“ sei gesagt; ich bin ein Pianist. Und dann, indem er schnell seinen Gesichtsausdruck und seine Stimme änderte, rezitierte er auf die bewundernswerteste Weise die folgenden Verse:

BÖHMEN

Böhmen, über deine ungelösten Grenzen
. Wie viele überqueren sie mit halb widerstrebenden Füßen
und ungeformter Angst vor Gefahren und Unruhen.
Köstlichkeiten zu finden, die gesünder und süßer sind, als sie der „
Elite “jemals bekannt waren .

Hierin kann kein Vorwand und kein Schein wohnen;
In dieser Atmosphäre gedeiht kein gestelzter Stolz,
der die Neigung zum Träumen anregt.
Von hier aus scheinen die Ufer der idealen Welt
manchmal greifbar und nahe zu sein.

Wir haben keine Verwendung für formale Modekodizes;
Keine „Etikette der Gerichte“, die wir nachahmen;
Wir wissen, dass es Aufrichtigkeit und Leidenschaft braucht,
um die Pläne Gottes oder des Schicksals auszuführen;
Wir streben nicht danach, leblos zu wirken.

Wir nennen keine Zeit verloren, die wir dem Vergnügen widmen;
Der rauschende Fluss des Lebens strömt zum großen Meer des Todes;
Wir werfen kein leeres Lot aus, um die
imaginären Tiefen dieses unbekannten Seins zu messen,
sondern erfassen das *Jetzt* und füllen es voller Freude.

Alle Glaubensbekenntnisse haben hier Platz, und wir alle gemeinsam
beten andächtig am heiligen Schrein der Kunst;
Aber wer einmal in deinem goldenen Wetter wohnt,
Böhmen – mein süßes, liebliches Land –
kann außerhalb deiner Grenzlinie keine Freude finden.

„Das ist nur die Angst, die mein Herz beunruhigt, da ich dabei bin, die Grenze zu überschreiten und in die alltägliche Welt zurückzukehren“, seufzte Percy, als der Applaus, der auf die Rezitation folgte, verklang. „Ich bezweifle, dass ich nach dieser wunderbaren Erfahrung irgendetwas genießen kann.“

„Nun“, sagte Homer Orton, „als Antwort auf die *Zugabe,* die ich *hätte* erhalten sollen, werde ich Ihnen ein paar Verse geben, die zu *dieser* Situation passen, mein lieber Freund. Wenn Sie sie sich einprägen, können sie hilfreich sein.“ Sie in diesen dunklen Stunden des mentalen und spirituellen Schmerzes, die jeden Mann treffen – am Morgen nach dem Abendessen im Club. Sie werden genannt –

STRAFE.

Aufgrund der Fülle dessen, was ich hatte,
erscheint mir alles, was ich habe, arm und eitel.

Wenn ich nicht glücklich gewesen wäre, wäre ich nicht traurig.
Obwohl mein Salz geschmacklos ist, warum sollte ich mich beschweren?

Angesichts der reifen Vollkommenheit dessen, was mir gehörte,
scheint alles, was mir gehört, schlimmer als nichts;
Doch ich weiß, während ich im Dunkeln und in der Kiefer sitze,
konnte kein Becher geleert werden, der nicht voll war.

Nach dem Pulsieren und Nervenkitzel eines Tages
scheint der Tag, der jetzt ist, trüb vor Düsternis zu sein;
Dennoch ertrage ich die Trägheit und Dunkelheit, denn
es ist nur die Reaktion von Leuchten und Blühen.

Seit dem königlichen Fest, das einst ausgetragen wurde,
leide ich an der Nahrung, die mir jetzt gehört;
Dennoch könnte ich von Wasser und Brot nicht hungrig werden,
wenn ich nicht von Obst und Wein gesättigt worden wäre.

„Apropos Böhmen“, sagte Dolores, „mit all seinen Reizen, ich glaube nicht, dass ich von Natur aus Böhme bin. Ich mag Zeremonien und imposante Formen wirklich. Ich genieße die beeindruckendsten Gottesdienste im Gottesdienst. Wäre ich aufgewachsen.“ In der römischen Kirche wäre ich eines ihrer gläubigsten Mitglieder geworden. Ich mag das konventionelle Leben, aber ich mag die Menschen nicht, die ich in diesen Kreisen treffe.

„Und doch“, antwortete Percy, „wird allgemein angenommen, dass man in exklusiven Kreisen alles findet, was Wahlmöglichkeiten bietet.“

„Aber es ist ein großer Fehler", fuhr Dolores fort. „Es mag wahr sein, dass alles, was eine Wahl ist, immer exklusiv ist; aber was exklusiv ist, ist nicht immer eine Wahl. Man findet so wenig Abwechslung bei den Menschen, denen man in der sogenannten besten Gesellschaft überhaupt begegnet. Sie folgen alle einem Muster und einer Gesellschaft." duldet keine individuellen Geschmäcker und Ideen, wissen Sie. Sie sehen also , dass ich gezwungen bin, meine sympathischen Freunde auszuwählen, so gut ich kann, und mein eigenes Böhmen zu schaffen."

„Was sofort zum Paradies wird", antwortete ihr Zuhörer galant.

„Nicht", rief Dolores mit gequältem Gesichtsausdruck, „es klingt so nach – nun ja, so nach anderen Männern."

„Und bin ich nicht wie andere Männer?" fragte Percy lächelnd und insgeheim erfreut. Nichts schmeichelt der Eitelkeit eines Mannes mehr, als wenn ihm gesagt wird, er sei nicht wie andere Männer. „Ich hätte nie gedacht, dass ich ein bestimmter Typ bin."

„Aber du bist es; oder zumindest kamst du mir so vor. Und deshalb habe ich dich so sehr gemocht."

„Dann magst du mich?"

Dolores begegnete seinem Blick ohne zu erröten oder zu zittern, ehrlich gesagt, süß.

„Ich glaube nicht, dass ich jemals zuvor einen Mann getroffen habe, den ich so sehr mochte und respektierte", sagte sie. „Du bist mein idealer Freund."

„Dann stimmen Sie vielleicht zu, gelegentlich mit mir zu korrespondieren", schlug Percy vor. „Ohne Ihre freundliche Rede hätte ich weggehen sollen, ohne den Mut zu haben, um den Gefallen zu bitten, da ich mich nur für einen von vielen halte, denen Sie Ihre Gastfreundschaft erwiesen haben."

Als er an diesem Abend in seinem Zimmer saß, verwirrte Percy sein Gehirn und versuchte, Dolores Kings Verhalten und Worte sowie ihren Geisteszustand ihm gegenüber zu analysieren.

„Sie ist entweder die perfekteste Schauspielerin oder die kälteste und leidenschaftsloseste Frau der Welt", sagte er, „unfähig zu starken Gefühlen. Oder – oder – sie mag mich mehr, als sie weiß. Auf jeden Fall ist es das." Zum Glück für beide, dass ich weggehe.

KAPITEL XI.

Eine Laune des Schicksals.

PERCY, der sich schon lange für einen vollkommenen Kosmopoliten gehalten hatte, der sich in einem Teil der Welt genauso zu Hause fühlte wie in einem anderen, stellte überrascht fest, dass er tatsächlich Heimweh hatte, nachdem er Paris verlassen hatte.

Mit einer Ungeduld, die er kaum verstehen konnte, wartete er auf Dolores' Antwort auf seinen ersten Brief. Als es soweit war, saß Percy voller strahlendem Humor und funkelndem Zynismus, angenehmen Klatsch und aufrichtigem Bedauern über seine Abwesenheit da, rauchte und träumte mehr als eine Stunde lang darüber.

Er versuchte, seine eigenen Gefühle zu analysieren. Wenn eine Frau dies tut, ist sie zehn zu eins verliebt. Wenn ein Mann es tut, ist er zehn zu eins nicht.

Percy glaubte nicht, verliebt zu sein.

„Zumindest", überlegte er, „könnte ich, selbst wenn ich ein Mann wäre, niemals über eine Heirat mit Dolores King nachdenken. Sie ist zu kalt, zu bissig, zu skeptisch. Tatsächlich versteht sie die menschliche Natur zu gut. Ich sollte es wollen eine Frau, die mich vergöttert, die mich als Heldin hinstellt, die man anbeten kann. Ich glaube, so mancher Mann wird zum Helden, weil eine Frau seinen Wert überschätzt. Anstatt sie zu desillusionieren, eignet er sich die Qualitäten an, mit denen sie ausgestattet ist Die liebevolle Fantasie hat ihn erfüllt. Viele Männer wurden davor bewahrt, im letzten Moment der Versuchung nachzugeben, weil er den vollkommenen Glauben eines vertrauensvollen Herzens nicht zerstören konnte. Dolores würde einen Mann nicht mit einem Heiligenschein umgeben. Sie sieht uns alle als wir sind – vielleicht übertreiben sie unsere Fehler ein wenig. Sie würde einen Menschen bei der geringsten Provokation des Bösen verdächtigen, und das ist der sicherste Weg, einen Menschen zum Fehlverhalten zu treiben.

„Aber sie ist eine entzückende Kameradin und so überaus schön, dass selbst das schlichteste Zimmer elegant eingerichtet wirken würde, wenn sie es bewohnen würde.

„Sie versteht die Kunst des Unterhaltens. Und die Zeit lastet schwer auf den Händen eines Kerls, nachdem er ihre Gesellschaft verloren hat. Schließlich ist das Leben zu kurz, um aus Angst vor Konsequenzen auf jedes Vergnügen zu verzichten, das uns in den Sinn kommt." Und er stand auf, warf seine Zigarre beiseite und fügte laut hinzu:

„Mit dem persischen Dichter kann ich sagen:

„O ihr Bedrohungen der Hölle und Hoffnungen des Paradieses, eines ist zumindest sicher, dieses Leben vergeht. Eines ist sicher, und der Rest sind Lügen – die Blume, die einmal geblüht hat, stirbt für immer."

Einige Wochen später erhielt Percy Briefe aus New York, in denen er gebeten wurde, London zu besuchen, dort die Geschäftsvereinbarungen mit einem großen Exporthaus abzuschließen und dann nach Kopenhagen weiterzureisen, wo er mehrere Monate im Unternehmen bleiben müsste der Firma.

Als der Brief eintraf, hatte er gerade einen an Dolores geschickt, der wie folgt endete:

„Ich erwarte, nächsten Monat nach Amerika zurückzukehren. Ich reise mit Bedauern, und dennoch ist es ohne Zweifel das Beste. Es wird unserer entzückenden, aber gefährlichen Kameradschaft ein Ende bereiten, aber ich vertraue darauf, dass Sie mir erlauben werden, vorher bei Ihnen vorbeizuschauen und mich zu verabschieden." Ich gehe. In Ihrem letzten Brief haben Sie die Möglichkeit erwähnt, Paris bald zu verlassen, aber Sie haben mir nicht gesagt, was Sie vorhaben. Wo auch immer Sie sind, mit Ihrer Erlaubnis werde ich Sie finden, bevor ich nach Amerika reise."

Zu seinem Erstaunen erhielt er als Antwort auf seinen Brief die Information, dass Dolores in Begleitung von Mrs. Butler und Madame Volkenburg im Begriff sei, eine Reise in das Land der Mitternachtssonne anzutreten.

„Wir fahren zuerst direkt nach Moskau", schrieb Dolores, „und hielten dort lange genug an, um eine Träne an den Gräbern der Zaren zu vergießen; dann weiter nach St. Petersburg; dann mit dem Dampfer den Finnischen Meerbusen hinunter und über die Ostsee nach Stockholm; von dort mit der Bahn nach Christiania, wo wir einige Zeit verweilen können, da Madame Volkenburg dort liebe Freunde hat. Von Christiania aus fahren wir direkt zum Nordkap. Wir beabsichtigen, so spät in der Saison wie wir über Kopenhagen und die Kanäle zurückzukehren Ich kann die Reise sicher antreten. Wir verlassen Paris frühestens in drei Wochen. Ich hoffe, Sie werden uns vor Ihrer Rückkehr nach Amerika besuchen, wie Sie es versprochen haben.

Als Percy das las , lachte er laut.

„Es ist Schicksal", sagte er. „Wir sind dazu bestimmt, zusammengewürfelt zu werden. Ich werde sofort nach Kopenhagen weiterreisen, und wenn meine bezaubernden Freunde in Christiania ankommen, werde ich mich ihnen dort anschließen und mit ihnen die Reise zum Nordkap antreten."

Es brauchte diese strahlende Aussicht, um Percys Herz nach seiner Ankunft in Kopenhagen fröhlich zu halten. Niemand in der Stadt hatte ein Schild mit möblierten Zimmern zur Vermietung aufgehängt; Also beschloss er schließlich , Werbung zu machen. Nachdem er zwei Tage auf das Erscheinen der Anzeige gewartet hatte, eilte er zur Druckerei, um eine Erklärung zu verlangen. Der Angestellte bemerkte ruhig, dass es verloren gegangen sei, und da der nächste Tag Sonntag sei, müsse er bis Montag warten. Am Montag erschien die Bekanntmachung, schlecht gedruckt, in einer Kolumne mit der Überschrift „Dienstmädchen gesucht".

Tordenskjoldsgade , das ihm gefiel , aber da er einen Anfall von Kiefersperre befürchtete, wenn er versuchte, jemanden zu seiner Unterkunft zu verweisen, wählte er stattdessen Wohnungen in der Hovedvagtsgade . Als ihm das Frühstück serviert wurde, bestand es aus einer Tasse Kaffee und einem kalten Brötchen. Sein Abendessen, auf das er einen Heißhunger hatte, genoss er lieber in Vorfreude als in der Teilnahme. Die Suppe enthielt keinerlei Fleisch-, Fisch- oder Geflügelextrakt, enthielt jedoch Mengen an Ingwer, Zitronatzitrone, Zitrone und Zucker. Es folgten gekochter Fisch, geschmacklos und wässrig, und Blumenkohl, der in einer Soße aus Milch und schwarzem Pfeffer schwamm. Es gab keine Beilagen und der mit Spannung erwartete Nachtisch brachte nur Enttäuschung und Brot und Käse.

Am nächsten Tag war Percy so neugierig auf einen geheimnisvollen Teller Suppe, der serviert wurde, dass er Nachforschungen anstellte und die tatsächlichen Zutaten erfuhr. Sie bestanden aus Karotten, Kartoffeln, Kohl, Zucker, Aalen, Zimt, Kirschen, Pflaumen und kleinen Schweinefleischstücken. Eine weitere Suppe wurde aus der Erstmilch einer Kuh zubereitet; und häufig wurde sogenannte „Biersuppe" serviert, die mit verschiedenen Zutaten gewürzt war.

Auf Nachfrage stellte Percy fest, dass andere Pensionen und Hotels das gleiche *Menü boten* und er seinen Zustand nur dadurch verbessern konnte, dass er im größten Hotel zu einem exorbitanten Preis einstieg. Schließlich fand er sich mit dem Essen zufrieden: Er schätzte den Limburger Käse als Delikatesse und begrüßte das Aufkommen jeder neuen Suppensorte, wie er seinem Cousin nach Hause schrieb, „mit der ganzen Begeisterung eines wissenschaftlichen Forschers".

Sein nächster Erfolg bestand darin, zu lernen, wie man in einem dänischen Bett schläft. Das Feldbett war so schmal und in der Mitte so abgerundet, dass, wenn er es vergaß und einschlief, die Decke mit Sicherheit von der einen oder anderen Seite rutschte; und jeder Versuch, sie aufzuhalten, führte zu seinem eigenen Untergang. Schließlich beschloss er, sich unter das Federbett zu legen, statt darüber; und so gelang es ihm, auf der einen Seite von der Wand und auf der anderen Seite von zwei Stühlen gestützt, und mit der riesigen Zecke, die sich über ihm niederließ, den Schlaf zu erwecken.

Nachdem er zwei Monate geschäftlich in Kopenhagen verbracht hatte, reiste er an einem Herbstnachmittag mit dem Dampfschiff „Aarhus" nach Christiania, wo er sich Dolores und ihrer Gruppe anschließen sollte. Als er durch das „Kattegat" fuhr, machte ein heftiger Wind die meisten seiner Gefährten seekrank, und Percy war fast der Einzige, der der Plage entging. Am nächsten Morgen fragte einer der Passagiere den Kapitän, ob der Sturm heftig gewesen sei. Als Antwort zeigte er einfach auf den Schornstein, der bis zur Spitze mit dem Salz der Wellen verkrustet war, die in der Nacht darüber hinweggeschwappt waren.

einen Tag lang in der wunderschönen Stadt Gottenburg an und unternahm eine Reise in den Nordwesten, etwa fünfzig Meilen, um die berühmten Wasserfälle von Trollhatton zu besuchen , die in ganz Europa unübertroffen sind. In einem Brief an seinen Cousin in dieser Nacht schrieb er Folgendes:

„Auf der kleinen Häusergruppe, die das Dorf Trollhatton ausmacht, war ich überrascht, in fetten Buchstaben den Namen einer New Yorker Nähmaschinenfirma zu sehen. Ich hatte das Schild in Frankreich und Deutschland gesehen, aber ich hatte kaum damit gerechnet, es zu finden." es in diesem wilden, unbesiedelten Teil Schwedens. Am selben Tag, als ich das weite, trostlose Felsplateau durchquerte, das sich vom See Venern bis zum Skagerak erstreckt , fiel mir ein großes, frisch gestrichenes Schild mit der Aufschrift „Fairbank Scales" ins Auge. Aber in Wenn Sie hier etwas Gutes an Maschinen finden, können Sie sicher sein, dass es aus Amerika kommt.

„Auf all meinen Reisen durch Deutschland habe ich noch nie einen Mäher, einen Mäher oder einen Stahlpflug gesehen. Das meiste Getreide schien mit einer Sichel geschnitten worden zu sein. In sehr wenigen Fällen sah ich Männer, die eine unhandliche Art von Wiege benutzten; aber Sie warfen ihre Schwaden immer *in* das stehende Korn, statt davon weg, und ließen Frauen mit Sicheln hinterher, um es herauszusuchen und in Form zu bringen, sodass ich nicht sah, dass sie viel gewonnen hatten.

„Es mag stimmen, dass der Amerikaner ein wenig zur Prahlerei neigt; aber wenn er die ungeschickte, altmodische Art und Weise sieht, Dinge in Europa zu tun, und sie mit den Methoden zu Hause vergleicht, beginnt er zu spüren, dass er eine Grundlage hat." für seine Prahlerei. Die besten Schusswaffen, das beste Besteck, die besten Möbel und die besten Werkzeuge kommen alle aus Amerika. Sogar amerikanischer Käse hat seinen Weg in ganz Europa gefunden, und unsere verschiedenen Tabakmarken sind den USA ebenso vertraut Europäischer Raucher, was den Yankee selbst betrifft."

Zwei Tage später genoss Percy ein wunderbares Interview mit seinen Freunden in Christiania; und am nächsten Tag machte sich das fröhliche Quartett auf die Reise ins Land der Mitternachtssonne.

KAPITEL XII.

EIN AUFREGENDES EISBOOT-ABENTEUER.

Während sechs wunderbaren Reise- und Besichtigungswochen durch die wunderbar malerische Landschaft Schwedens und Norwegens war Percy erneut der Kamerad und Begleiter von Dolores.

Tag für Tag machten ihm tausend namenlose Taten der Freundlichkeit und respektvollen, unaufdringlichen Aufmerksamkeiten, die ebenso rücksichtsvoll wie zart waren, sein Herz beliebt, an dessen Pforte die Liebe, gekleidet in seine älteste und erfolgreichste Verkleidung der Freundschaft, Einzug hielt .

Es war Ende November, als die Gruppe nach Kopenhagen zurückkehrte.

„Meine geschäftlichen Angelegenheiten werden mich eine Woche, möglicherweise zehn Tage hier festhalten", sagte Percy. „Sie werden diese Zeit brauchen, um das Thorvaldsen-Museum und das Ethnologische Museum in vollen Zügen zu genießen – die in ihrer Art die schönsten der Welt sind. Dann bin ich bereit, Sie nach Paris zu begleiten, bevor ich mich in London melde."

Madame Volkenburg kehrte am Tag vor der geplanten Abreise ihrer Freunde nach Christiania zurück. Doch am Ende der Woche, gerade als Percy die kalte, trostlose Insel verlassen wollte, verstauchte sich Dolores den Knöchel und konnte ihr Zimmer vier Wochen lang nicht verlassen. Percy fand Geschäfte genug, um jeden Tag ein paar Stunden im Interesse der Londoner und amerikanischen Häuser zu verbringen, und den Rest der Zeit verbrachte er angenehm damit, die Damen zu unterhalten. Er las laut vor, erzählte interessante Abenteuer- und Reisegeschichten und machte sich so charmant, dass Dolores ihr Unglück angesichts der glücklichen Stunden, die es ihr bescherte, vergaß.

Als sie schließlich erklärte, dass sie ihre Reise fortsetzen könne, tauchte ein weiteres Hindernis auf. Das Wetter wurde ungewöhnlich kalt; und die Sunde, die die Insel umgeben, auf der Kopenhagen liegt, waren voller schroffer Eisblöcke, die zu dick waren, um von einem Dampfer gebrochen zu werden, aber nicht ausreichend miteinander verbunden, um es Männern oder Mannschaften sicher zu machen, sich auf sie zu begeben. Unsere Freunde waren folglich Gefangene auf einer fast unzugänglichen Insel.

„Die Blockade kann nicht ewig dauern", sagte Percy, als er die Damen über den Stand der Dinge informiert hatte. „Das ist der einzige Trost, den ich Ihnen im Moment geben kann. Es kann eine Woche oder einen Monat dauern, das muss ich verstehen. In der Zwischenzeit müssen wir uns so gut wie möglich amüsieren. Es tut mir sehr leid, dass Madame Volkenburg das nicht getan hat . " Bleiben Sie bei uns, um einen kleinen Ausflug nach Kaskilde zu unternehmen – der alten Hauptstadt Dänemarks, die wir morgen unternehmen werden."

„Was gibt es in Kaskilde zu sehen ?" fragte Dolores.

„Eine Kathedrale natürlich", antwortete Percy. „Zweifellos sind Sie der Kathedralen überdrüssig, aber diese hier ist eine berühmte: ein Relikt der antiken Pracht der Stadt, als sie noch 100.000 Menschen zählte. Die Einwohnerzahl beträgt jetzt weniger als 5.000. Sie werden dort viel Interessantes finden, wie zum Beispiel diese Das Gebäude war die Grabstätte fast aller dänischen Könige.

Kaskilde war nicht mehr als zwanzig Meilen von Kopenhagen entfernt und mit der Bahn erreichbar.

Dolores war überrascht, viele der Gräber mit exquisiten Schnitzereien aus Marmor und Alabaster zu finden. Eines der interessantesten Exemplare zeigte die lebensgroße Figur der Königin Margarete, die 1412 starb. Die wunderschön dargestellten Gesichtszüge voller Ausdruckskraft galten als korrektes Abbild der schönen Königin.

In der Mitte der Kirche wurde auf einer großen, in den Boden eingelassenen Eisenplatte aufgezeichnet: „Dieser Ort wurde von Nils Jurgersen von der Kirche als Ruhestätte für seine Nachkommen für alle kommenden Zeiten erworben: damit sein Die Familie muss nicht alle zwanzig Jahre ihre Grabstätte wechseln, *wie es andere Menschen tun* . Aber trotz dieser sarkastischen Anspielung auf andere Menschen wurde der königliche Auftrag erlassen, dass keine Menschen mehr, die nicht königlichen Blutes waren, in der Kirche begraben werden sollten. Und Nils Jurgersens Nachkommen müssen schließlich wie „andere Menschen" im Freien schlafen.

Hoch oben im Kirchenschiff stand eine riesige Uhr. Davor zwei halbgroße, aus Holz geschnitzte Figuren. Am Ende jeder Stunde schlug der Mann die Zeit mit einem Hammer auf das Zifferblatt der Uhr, während die Frau die Viertelstunden gegen eine kleine Glocke schlug.

„Dieses kleine alte Paar ist einander vierhundert Jahre lang treu geblieben", sagte Percy, als er neben Dolores stand und die Figuren beobachtete. „Ist das nicht ein wunderbares Beispiel für Beständigkeit?"

„Ja", antwortete Dolores lachend. „Solche Illustrationen findet man leicht in Holz. Aber wie anmaßend vom Menschen – ein solches Beispiel zu schaffen, wenn der Schöpfer ihm keinen menschlichen Präzedenzfall gegeben hat!"

„Ich muss dir von der Uhr erzählen", fuhr Percy fort. „Ursprünglich gab es Figuren des heiligen Georg auf einem Pferd, der mit dem Drachen kämpfte. Jedes Mal, wenn die Uhr schlug, sprang der Drache auf das Pferd, und dieses stieß einen wilden Schrei aus. Aber es gab einen alten Priester, der sich über den Lärm beschwerte Dieser Kampf störte ihn in seinen Predigten: So wurden der Ritter und der Drache – wunderbare Teile eines Mechanismus – zerstört, um einem eingebildeten alten Egoisten zu gefallen. Und außerdem befahl er, dass das treue alte Paar gezwungen werden sollte, den Sabbat wie alle anderen zu halten Menschen. Der Mechanismus der Uhr wurde nach seinen Wünschen so eingerichtet, dass seitdem am Sabbath keine Stunden mehr geschlagen wurden.

In einem prominenten Teil der Kirche entdeckte Mrs. Butler ein Gemälde, das sie sehr amüsierte. Es stellte den Teufel dar, der mit seinen Hörnern und Hufen scharf auf die Kirchenbänke blickte, in der Hand einen Bleistift und eine Schriftrolle. Auf letzterem stand: „Ich mache mir eine Notiz von allen, die zu spät kommen oder herumplappern."

„Ich wünschte, ich könnte dieses Gemälde kaufen und nach Amerika schicken", bemerkte Mrs. Butler. „Wir brauchen es dort, da bin ich mir sicher."

Auch nach Ablauf von zwei Wochen dauerte die Blockade noch an. Die gesamte Ostsee sowie die Nordsee waren eine einzige schwimmende Eismasse, die durch die starken Strömungen und Gezeiten in den Verbindungskanälen in Bewegung gehalten wurde.

Wenn der Leser diesen Teil Europas noch nicht besucht hat, wird er bei einem Blick auf eine Karte erkennen, dass der nordwestliche Teil Dänemarks aus zwei Inseln besteht. Der Westen ist als Funem bekannt , der Osten als Zealand.

Der „Große Belt", wie der Kanal zwischen ihnen genannt wird, ist an der schmalsten Stelle fünfzehn bis zwanzig Meilen breit und wird so genannt, um ihn vom Kanal zwischen Funem und dem Festland, der als „Kleiner Belt" bekannt ist, zu unterscheiden .

In normalen Jahren bleiben diese Meerengen ausreichend offen, so dass Dampfschiffe regelmäßig überqueren können; Andernfalls gefrieren sie fest, so dass Schlitten Fracht und Passagiere befördern können.

Doch nun war Kopenhagen völlig von jeglicher Kommunikation mit der Außenwelt abgeschnitten.

Percy wurde jedoch gesagt, dass versucht werde, die Post in einer Art Eisboot über den Sund zu befördern.

Bei der Untersuchung stellte er fest, dass es sich bei diesen Eisbooten tatsächlich um große, kräftig gebaute Fischerboote mit eisernen Kufen am Boden handelte. Jedes Boot hatte eine Besatzung von acht oder zehn wettergegerbten alten Fischern an Bord.

„Wenn Sie mit diesen Booten die Post über den Kanal befördern können, warum können Sie dann keine Passagiere befördern?" fragte Percy, als er am Tag vor ihrem geplanten Vorhaben dastand und die Smacks inspizierte.

Die Männer lachten und gaben ihm in gebrochenem Deutsch – der Sprache, die er verwendet hatte – zu verstehen, dass jeder gehen könne, der den Mut habe, den Versuch zu wagen.

Als er dies etwas später Mrs. Butler und Dolores erzählte, sagte er: „Wenn ich auch nur die geringste Ahnung hätte, wann die Schifffahrt öffnen und Ihnen die Flucht ermöglichen würde, würde ich morgen auf das Eisboot gehen. Das Geschäft ist wichtig." Fangen Sie an, schwer auf mir zu lasten . Aber ich möchte Sie nicht auf unbestimmte Zeit hier eingesperrt lassen.

„Warum konnten wir nicht auch mit dem Eisboot fahren?" schlug Dolores vor.

"Unmöglich!" rief Percy entsetzt.

„Auf keinen Fall. Wir sind erfahrene Reisende, und das Abenteuer wäre nach unserer langen Gefangenschaft hier aufregend. Wenn die Besatzung dagegen ist, werde ich selbst hingehen und sie überreden, zuzustimmen."

„Obwohl sie kein Wort verstehen konnten, das du sprichst, weiß ich, dass du ihre Zustimmung zu allem gewinnen würdest", lachte Percy. „Aber ich werde sehen, ob der Plan umsetzbar ist."

Eine Stunde später kehrte er von einem zweiten Interview mit der Eisbootbesatzung zurück.

„Sie können gehen", sagte er, „wenn Ihr Mut Sie aushält. Reduzieren Sie Ihr Handgepäck auf das kleinstmögliche Maß und bereiten Sie sich darauf vor, heute Nachmittag um fünf Uhr nach Korsör aufzubrechen . Wir bleiben dort über Nacht . Wir nehmen." Überfahrt im Boot am frühen Morgen. Zwei weitere Herren sollen uns begleiten, damit wir nicht alleine sterben."

In der kühlen Dämmerung des nächsten Morgens stand unsere kleine Gruppe da und fragte sich, wo sie in diesen seltsam aussehenden Containern untergebracht werden sollten – der eine war mit dem schwereren Gepäck beladen, der andere halb gefüllt mit Postsäcken. Den Damen wurde bald gesagt, sie sollten im hinteren Boot zwischen den Postsäcken Platz nehmen; während die Männer angewiesen wurden, nebenherzulaufen und bereit zu sein, jederzeit hineinzuspringen. Die Besatzung zog an einem langen Seil, das am Bug des Bootes befestigt war, und das Boot machte einen Satz nach vorne.

Dreißig oder vierzig Stäbe vom Ufer entfernt war das Eis fest und fiel zum Wasser hin ab. Die Boote glitten leicht und schnell dahin. Die Damen lachten fröhlich und genossen die neuartige Fortbewegungsweise.

Die gesamte Besatzung und die drei Herrenpassagiere waren mit riesigen Strohüberschuhen ausgestattet, deren Sohlen ganze fünf Zentimeter dick waren. Diese dienten dazu, die Füße vor der Kälte zu schützen und ein Ausrutschen auf dem Eis zu verhindern.

„Was für ein selten guter Sport!" rief Dolores, die in ihren Pelzen wie eine russische Prinzessin aussah, als sie Percy ins Gesicht lächelte, während er leichtfüßig neben ihr herlief.

„Es ist wie die vergnüglichen Tage der Kindheit im großen Stil."

In diesem Moment ertönte ein unheilvolles Knacken, und plötzlich krachte das vordere Boot durch das Eis, das den Stäben in alle Richtungen Platz machte. Das hintere Boot schoss eine schiefe Ebene hinunter ins Wasser. Die Damen schrien, die Mannschaft schrie, das Boot kippte auf die Seite, wurde aber schnell wieder aufgerichtet.

Percy gelang es, in das Boot zu springen, bevor es das offene Meer erreichte, aber die beiden anderen Passagiere klammerten sich an die Seite und ließen ihre Beine im eisigen Wasser baumeln.

Die vordere Mannschaft warf ein langes Seil und eine Planke aus, stieg auf das Eis und zog das Boot einige Längen entlang. Das hintere Boot wurde in seinem Kielwasser durch das gebrochene Eis weitergeschoben. Je weiter sie sich vom Ufer entfernten, desto unebener wurde das Eis. Wo es stark war, trieb die Mannschaft die Boote mit Hilfe der Seile an; aber wo es wackelte oder kaputt war, wurden die Ruder und Bretter in Beschlag genommen. Die alten Seeleute amüsierten sich jedes Mal, wenn sie durch das Eis krachten, über die entsetzten Schreie von Mrs. Butler, während Dolores die Aufregung mit einer fast kindlichen Freude zu genießen schien.

Auf einer Art Sandbank an einer Stelle, die die Grenze zwischen dem Fest- oder Landeis und den losen, im Sund treibenden Eisstücken markierte, waren riesige Blöcke in allen möglichen phantastischen Formen zusammengedrängt und bildeten einen unregelmäßigen Wall aus etwa dreißig oder fünfzig Jahren vierzig Fuß hoch.

Darüber hinaus konnte die Besatzung das Boot die meiste Zeit im Wasser halten und sich zwischen den Eisinseln hin und her bewegen.

Einmal wurden sie in einem schmalen Wasserstreifen zwischen zwei Eisschollen gefangen.

Dann wurde die Mannschaft aufgeregt und brachte das Boot eilig auf das Eis, um es vor Gefahren zu bewahren. Wenige Minuten später begannen die Ränder der Eisschollen zusammenzureiben und sich zu verdoppeln, angetrieben durch die gewaltigen Strömungen darunter.

Dolores, die während dieser gefährlichen Situation sehr blass geworden war, zitterte leicht, als sie das Knirschen der Eisschollen hörte, und schwankte plötzlich bewusstlos zurück.

Percy streckte gerade noch rechtzeitig seinen Arm aus, um ihre leblose Gestalt zu empfangen.

Die Ohnmacht dauerte nur einen Moment, doch in diesem Moment erlebte Percy das köstliche Vergnügen, ihren schönen Kopf auf seiner Schulter zu halten und ihre schöne Gestalt an sein Herz zu drücken. Alle seine wohlbeherrschten Gefühle schienen gegen ihren langen Zwang aufzuschreien; und ein plötzlicher Wunsch, sie in seine Arme zu nehmen und ihr schönes Gesicht mit Küssen zu bedecken, hätte möglicherweise seinen Verstand, seinen Sinn für Anstand und seine gute Erziehung außer Kraft gesetzt, wenn sie nicht die Augen geöffnet und sich aus seinen Armen gelöst hätte.

„Wie dumm ich bin“, sagte sie. „Aber ich dachte wirklich, wir würden zwischen diesen großen Eiskiefern zerquetscht. Ich werde nicht wieder so schwach scin.“

„Bitte“, flüsterte Percy. „Es war der glücklichste Moment meines Lebens.“ Sein warmer, hörbarer Atem streichelte ihre Wange; Seine Augen waren voller Feuer, das sie noch nie zuvor in ihnen gesehen hatte; Ihr Blut prickelte in ihren Adern und löste eine leichte Vergiftung aus. Ihre Lider hingen herab, ihre Wange war rot, aber sie tadelte ihn weder wegen seiner Rede noch wegen seines Blicks.

Eine seltsame, süße Trägheit erfüllte ihr Herz und machte jede alltägliche Bemerkung unmöglich. Zum ersten Mal in ihrem Leben verspürte sie ein unbestimmtes Vergnügen an der Nähe eines Menschen.

Mitten im Sund konnten sie den schwarzen Rauch des Dampfers „ Absolem “ sehen, der sie in einem langen Streifen offener See erwartete. Gegen Mittag waren sie nur noch eine Meile von ihr entfernt; und hier hielt die Besatzung ihre Boote mitten auf einer Eisscholle an und servierte eine Art arktisches Abendessen.

Eine Stunde später erreichten sie den Dampfer; Die Post und die Passagiere wurden überführt und die Eisboote nach Korsör zurückgebracht .

Die „ Absolem " hatte zwei Tage und zwei Nächte im Eis gelegen und war nur knapp der Zerstörung zwischen den versunkenen Felsen entgangen, wohin sie von den mächtigen Eisströmungen getragen worden war.

Aber jetzt, mit dem offenen Meer vor ihnen, näherten sie sich dem Westufer. Als sie sich Nyborg näherten , machte Percy die Damen auf die bemerkenswerte Dicke des Landeises aufmerksam. Und zu ihrer Überraschung sahen sie wenige Augenblicke später, wie das Schiff an diesem klar definierten und festen Eispier festmachte und seine Fracht und Passagiere so schnell löschte, als wäre es im Hafen gewesen.

Hier wurden sie in russische Schlitten gedrängt und schnell zum Bahnhof Nyborg gefahren , wo sie den Zug nach Hamburg nahmen.

KAPITEL XIII.

EIN STERN FÄLLT.

PERCY fand Briefe in London, die ihm die Möglichkeit gaben, dauerhaft in Europa zu bleiben, wenn er diese annehmen wollte. Die Geschäftsaussichten waren gut und die Position für ihn höchst wünschenswert. Dennoch beschloss er, es abzulehnen; sofort nach Amerika zurückzukehren und jemand anderen zu schicken, um die freie Stelle zu besetzen. Ein Abschiedsbrief, den er an Dolores schrieb, wird seine Gründe erläutern. Es lautete wie folgt:

„ MEINE LIEBE MISS KING :—

„Ich habe mich etwas plötzlich entschieden, nach Amerika zurückzukehren, obwohl meine Senior-Partner den Wunsch haben, dass ich eine Festanstellung im Ausland annehme.

„Ich werde nächste Woche segeln, ohne Sie wiederzusehen. Ich hoffe, Sie werden mich nicht für unhöflich halten.

„Aber um ehrlich zu sein, Miss Dolores, finde ich, dass unsere innige Bekanntschaft immer gefährlicher wird. Wie Sie wissen, bin ich kein verheirateter Mann, und ich respektiere Ihre Ansichten zum gleichen Thema. Selbst wenn ich wünschte, ich könnte diese Ansichten nicht ändern ; und zwei Menschen, die unsere Ideen hegten, könnten keinen größeren Fehler machen, als zuzulassen, dass irgendeine Kombination von Umständen sie ein Leben lang aneinander bindet. Doch gleichzeitig ist es für zwei junge unverheiratete Menschen wie uns unmöglich, keines von beidem zu tun Wir schulden jedem Dritten die Treue, um diese brüderliche Art von Kameradschaft, die jetzt zwischen uns besteht, lange fortzusetzen. Sie sind eine schöne und faszinierende Frau. Ich bin keineswegs ein zweiter Platon. Trotz meines Wunsches, Ihnen zu gefallen , und um der perfekte Freund zu sein, den Sie so freundlicherweise nennen, ärgere ich mich ständig über Ihr ruhiges, emotionsloses Verhalten mir gegenüber. Ich würde Sie mit keinem Wort der Liebe beleidigen; dennoch bin ich verpflichtet, immer auf der Hut zu sein Wache, wenn ich in deiner Gegenwart bin, und wenn ich von dir abwesend bin, verspüre ich ein fieberhaftes Verlangen, in deiner Nähe zu sein. Ihre Schönheit und Ihr Glanz und Ihre vielen angenehmen Eigenschaften sind für mich ein Ärgernis. Ich bin mir bewusst, dass es mehr (oder weniger) als ein Gefühl der Freundschaft ist, das von mir Besitz ergriffen hat, und da dies so ist, liegt der einzig weise Weg in der Flucht. Für,

Wer liebt und wegläuft,
kann einen weiteren Tag erleben, um zu lieben.

Ich werde immer Ihr Freund sein und hoffe, dass Sie weiterhin meine Briefe
beantworten. Sie waren für mich in vielerlei Hinsicht eine Offenbarung, und
meine Erfahrungen in Ihrer Gesellschaft werden niemals vergessen werden.
Ich bin mir sicher, dass es mir besser geht. Dennoch bin ich nur ein
Sterblicher, und die Fortsetzung dessen, was so angenehm war, kann mich
nur unglücklich machen. La Bruyéré hatte Recht, als er sagte, dass eine
Freundschaft zwischen den Geschlechtern unmöglich sei. Ich bitte Sie, die
extreme Offenheit dieses Briefes zu verzeihen und mich als Ihren noch
schwachen, selbstsüchtigen Menschen zu betrachten

„Bewundernder Freund
„ , PERCY DURAND .“

Er versiegelte den Brief, adressierte ihn und rief einen Jungen an, der ihn
abgeben sollte. Doch in diesem Moment ertönte ein Klopfen an seiner Tür
und man legte ihm ein Telegramm in die Hand. Er riss es auf und las:

PARIS, FRANKREICH.

„Mrs. Butler liegt im Sterben. Kommen Sie zu mir?

„ DOLORES .“

Abgesehen von der Trauer, die ihn über die Nachricht von Mrs. Butlers
Krankheit empfand, las Percy das Telegramm mit einem Gefühl der
Erleichterung. Wir alle erinnern uns daran, das Gefühl irgendwann in
unserem Leben erlebt zu haben, als die Neigung mit dem Gewissen stritt und
das Schicksal, das sich selbst zum Schiedsrichter ernannte, sich für die
Neigung entschied.

„Es gibt kein Entrinnen vor dem Schicksal. Denn was auch immer die Macht
ist, die diese Welt regiert, wir sind es.“

„Unwirksame Teile des Spiels, das er spielt,
auf dem Schachbrett von Nächten und Tagen.“

sagte er, während er den Brief, den er geschrieben hatte, in seine Tasche
steckte und eine hastige Antwort auf Dolores' Telegramm kritzelte.

Als er in Paris ankam, fand er Frau Butler in einem äußerst kritischen
Zustand vor. Sie war seit dem Tag nach ihrer Ankunft krank und Dolores
hatte in ihrer Sorge und Sorge kaum geschlafen oder etwas gegessen.

jemanden in meiner Nähe haben, der meine Ängste und mein persönliches
Interesse an dem Patienten teilen würde.“ Ich hoffe, Sie werden mir

verzeihen, dass ich nach Ihnen geschickt habe. Aber als mir klar wurde, dass sie sterben könnte, konnte ich die Spannung nicht länger allein ertragen.

Percy erwies sich in der Not als Held: Er war Bruder, Vater, Freund und Bote in einem.

Er erledigte all die unzähligen externen Pflichten, die eine Krankheit mit sich brachte, und half dabei, Dolores' Mut und Stärke aufrechtzuerhalten, bis sich die Patientin schließlich auf dem Weg der Genesung befand.

Dann gab es lange Fahrten zur Wiederherstellung der Gesundheit und angenehme Nachmittage, an denen Percy dem Rekonvaleszenten vorlas, während Dolores daneben saß und nähte oder zeichnete. Aber nach und nach kam der Tag, an dem Percy erkannte, dass er sich sofort losreißen musste.

Er hatte vorgelesen und unter anderem ein kleines Gedicht mit dem Titel „Der Abschied" vorgelesen. Es schien für seinen Fall besonders geeignet zu sein.

Es ist nicht der unerfahrene Soldat, der neu in der Gefahr ist
und sich davor fürchtet, sich in einen aktiven Kampf einzulassen.
Inmitten des Trommelwirbels und des Kanonenrassels
sehnt er sich nach Abenteuern und denkt nicht an das Leben.

Aber der vernarbte Veteran kennt den Preis des Ruhms.
Er wirbt nicht um den Konflikt oder den Kampf. Er hat keine Lust, diesen blutigen
und dramatischsten Akt des dunklen Kriegsstücks zu proben .

Derjenige, den man liebt, war schon immer ein Fremder.
Alle Furchtlosen können in deinem Bann bleiben.
Mein Herz hat den Krieg und seine Gefahr gekannt.
Es verlangt nach keiner Wiederholung – also lebe wohl.

Er legte das Buch nieder. Mrs. Butler schlief, eingelullt von seiner beruhigenden Stimme. Während er dasaß und Dolores ansah, erweckten ihre Schönheit, ihre Anmut, ihr Intellekt und all ihre unzähligen Reize ein gereiztes Gefühl der Verletzung in seinem Herzen.

Welches Recht hatte sie, ihm ständig ihre Reize vor Augen zu halten und ihm dennoch das Recht auf Besitz zu verweigern? Es war der Kelch des Tantalus. Er stand plötzlich auf.

„Dolores", sagte er und zog einen Brief aus seiner Tasche, „das habe ich dir geschrieben, bevor ich dein Telegramm erhalten habe, in dem ich zu dir gerufen wurde. Ich fahre übermorgen nach London zurück. Ich werde morgen anrufen, um es zu sagen." Lebe wohl. Aber ich möchte, dass du diesen Brief liest, denn er wird dir meinen plötzlichen Abschied besser erklären, als ich es erklären kann." Und dann verließ er sie.

Dolores öffnete das Siegel und begann, den Brief zu lesen, zuerst mit staunender Neugier, dann mit Wut. Ihr Auge blitzte, ihre Wange war gerötet, ihre Lippe zitterte.

„Welches Recht hat er, mich anzusprechen – so über mich zu denken?" sie weinte bitterlich. „Ich habe ihm nie eine Freiheit gegeben –" Dann hielt sie inne, denn die Erinnerung an diesen einen Moment auf dem Eisboot überkam sie, als ihr Herz an seinem ruhte – ihr Kopf auf seiner Schulter ruhte. Selbst jetzt erfüllte es sie mit einem ebenso süßen wie seltsamen Gefühl. Ihre Wut wich einer tiefen Melancholie.

Benommen und mit einem Gefühl, das an Schrecken grenzte, begann sie Percys eigene Gefühle und die Gefahr seiner Position zu verstehen. Sie konnte ihm keine Vorwürfe machen – sie konnte sich nur selbst die Schuld geben.

„Es ist meine eigene Schuld", sagte sie zu ihrem schmerzenden Herzen. „Ich habe zu viel erwartet. Es gibt keine Möglichkeit einer dauerhaften Freundschaft zwischen Mann und Frau auf dieser Welt. Auch das ist so vergänglich und unzuverlässig wie die Liebe. Und doch – und doch – wie kann ich meinen Freund aufgeben – wie kann ich das ?" ICH?" und während sie ihr Gesicht in ihren Händen vergrub, schluchzte sie laut.

Als Percy am nächsten Tag anrief, wurde Mrs. Butler zum ersten Mal über seine geplante Rückkehr nach Amerika in der darauffolgenden Woche informiert.

„Dann müssen wir bereit sein, Sie zu begleiten", sagte sie. „Ich bin davon überzeugt, dass ich nur noch kurze Zeit zu leben habe. Ich möchte in meinem eigenen Land sterben. Dolores, wir können bereit sein – nicht wahr –, wenn Percy geht?"

„Das ist nicht nötig", antwortete Dolores und errötete schmerzhaft. „Wir könnten auch in der nächsten Woche losfahren. Wir brauchen Mr. Durand nicht zu belästigen, als unsere Begleitung auf dieser Reise zu fungieren, Mrs. Butler."

„Warum, was in aller Welt ist über dich gekommen?" rief Mrs. Butler und starrte Dolores mit verwunderten Augen an. „Du sprichst, als wäre Percy ein Fremder und nicht unser beinahe Bruder und Sohn. Ich bin sicher, er wird auf uns warten, wenn wir nächste Woche nicht gehen können. Ich habe eine unerklärliche Angst davor, die Reise unbeaufsichtigt zu machen. Ich werde mich viel sicherer fühlen." mit unserem Freund an meiner Seite; und irgendwie bin ich mir sicher, dass wir ihn brauchen werden.

So wurde Percys ernsthafter Wunsch, aus einer peinlichen Lage zu fliehen, erneut umgangen, und er sollte erneut der Begleiter von Dolores sein.

Mrs. Butler schien sich in fieberhafter Aufregung zu sammeln, als sie sich auf die Abreise vorbereiteten. Dolores beobachtete sie mit besorgten Augen.

„Ich fürchte, Sie sind zu dieser Jahreszeit nicht stark genug, um die Seereise anzutreten", drängte sie. „Würden Sie nicht bis später in der Saison warten, liebe Mrs. Butler?"

Aber Mrs. Butler wollte nicht zuhören. „Ich kann es kaum erwarten, bis nächste Woche;" Sie sagte: „Ich könnte meine Abreise unmöglich noch einen Monat hinauszögern. Es würde mich krank machen, das weiß ich. Sobald ich auf dem Meer bin, werde ich stärker werden."

Aber stattdessen ließ sie nach und scheiterte; und am fünften Tag der stürmischen Reise standen Percy und Dolores neben ihrer verhüllten Gestalt und lauschten dem feierlichen Gottesdienst für die Toten auf See.

Sie standen am Abend, bevor sie den Hafen erreichten, ganz allein auf dem Deck ...

Dolores seufzte zitternd. „Oh", sagte sie, „ich fürchte mich vor dem Anblick von Land! Es kommt mir vor, als würde ich in eine trockene Wüste gehen, wo ich in Ohnmacht fallen und vor lauter Einsamkeit sterben werde. Ich habe meinen Freund verloren, der fast wie ein ... war." Meine eigene Mutter für mich. Und jetzt muss ich dich verlieren. Das Leben ist grausam für mich. Ich denke, es ist böse für Eltern, Kinder in diese Welt voller Ärger und Kummer zu bringen. Oh, warum wurde ich jemals geboren, um die Flut des Elends anschwellen zu lassen? leidende Menschheit?"

Percy legte seine Hand sanft auf ihren Arm.

„Du verlierst meine Freundschaft nicht", sagte er. „Denken Sie daran, ich werde immer Ihr treuer Freund sein, bereit, Ihnen jeden Gefallen zu tun. Aber die enge Kameradschaft und intime Verbindung des letzten Jahres wird von Tag zu Tag unmöglicher. Sie müssen es selbst erkennen."

„Das tue ich, das tue ich", sagte sie, und dann legte sie ihre Hände vor ihr Gesicht und ihre Tränen liefen durch die schlanken Finger.

„Ich wünschte, ich wäre auch im Meer begraben worden;" sie schluchzte. „Ich wäre nicht so allein gewesen wie auf dieser trostlosen Erde, auf der mir alles genommen wird, was mir lieb ist."

Er drehte sich um, nahm ihre Hände von ihrem tränennassen Gesicht und zog sie fest in seine eigenen.

Sein Gesicht war sehr blass. Seine Stimme zitterte vor der Intensität seiner Gefühle.

„Hör mir zu, Dolores", sagte er in einem leisen und fast strengen Ton. „Ich denke, wir verstehen und respektieren die Ansichten des anderen vollkommen. Ich denke, wenn wir in einem Moment tiefer Trauer wie diesem die festen Überzeugungen eines Lebens missachtet haben, sollten wir es in ruhigeren und helleren Stunden bereuen. Aber ich denke." Auch wenn zwei Menschen für das Leben des anderen so notwendig geworden sind wie wir, wenn so vollkommene Sympathie besteht wie zwischen uns, dann halte ich es für böse, Dolores, das Glück, das sein könnte, beiseite zu werfen ihres. George Eliot und Mr. Lewes haben es nicht weggeworfen; Shelley und Mary Godwin nicht; Mary Wollstonecraft und Imlay nicht. Es ist einfach eine Frage, ob sich eine Frau mehr für die Formen der Gesellschaft und die von Männern erlassenen Gesetze interessiert, als ihr die Liebe und Kameradschaft eines einzigen Mannes am Herzen liegt. Ich habe in diesem Jahr der Verbindung mit Dir mehr Glück gefunden, als ich für möglich gehalten hätte, dass mir das Leben leisten könnte. Du bist für mich ein idealer Kamerad: Ich kann mir Jahre vorstellen solche Kameradschaft; glückliche Wanderungen, süße Heimkehr, ruhige Abende, gemütliche Abendessen, und das alles mit dem vollkommenen Wissen, dass es jederzeit aufhören könnte, wenn einer oder beide es satt haben; alles mit dem Wissen, dass die individuelle Freiheit jedes Einzelnen absolut ungehindert war; und dass es, als die Liebe aufhörte zu existieren, keine Fesseln mehr gab. Es scheint mir, dass Glück, so vollkommen es jemals auf dieser Welt existiert, eine solche Vereinigung zweier Leben segnen könnte. Dolores, wirst du die Liebe und den Schutz annehmen, die ich dir anbiete?"

Ihre Hände lagen passiv in seinen, während sie zuhörte. Ihr Gesicht war von ihm abgewandt, ihre Augen blickten über die Weite des Meeres hinaus. Kein Segel war in Sicht. Eine einsame Möwe schlug einsam mit den Flügeln über den unwirtlichen Wellen. Ihr kam es so vor, als wäre ihr Leben wie das dieser Möwe – die Welt erstreckte sich vor ihr wie eine große Wasserwüste, uferlos und trostlos. Sie dachte an die eintönigen Jahre, die sie erwarten würden, obdachlos und allein wie sie war; von der gespenstischen Leere aller Freuden, wenn sie *sein Gesicht nicht* mehr sah, seine Stimme nicht mehr hörte. Sie zitterte leicht und seine Hände umklammerten ihre Hände fester. Seine

Berührung erfüllte sie mit einer süßen, unerklärlichen Freude. Sie hörte auf zu argumentieren oder nachzudenken.

Sie wandte ihr weißes, schönes, seltsam ruhiges Gesicht ihm zu und antwortete feierlich und deutlich:

"Ich werde."

Und in diesem Moment schoss ein Stern vom Himmel herab und versank in den dunklen und unruhigen Wassern des Meeres darunter.

KAPITEL XIV.

EIN MANN UND EINE FRAU.

Als Dolores in ihren kleinen Gemächern saß, die aus einer hübschen „Wohnung" in einem ruhigen und respektablen Teil von New York bestanden, schien sie in angenehme Träumereien versunken zu sein, als ihre kleine französische Zofe Lorette vor ihr erschien.

„Alles ist erledigt, bis auf das Staubwischen dieses Zimmers, Madame", sagte sie in ihrer Muttersprache. „Wird Madame jetzt im Boudoir sitzen –"

„Nein, Lorette, du kannst gehen", antwortete Dolores und sprach Französisch mit einem ebenso guten Akzent wie die *geborene Pariserin* . „Ich werde mit dem Staubwischen fertig sein, und da ich heute mit Monsieur auswärts essen muss, brauchen Sie nicht vor morgen zurückzukommen."

Lorette, die jeden Morgen kam, um sich um die häuslichen Pflichten der kleinen Ménage zu kümmern, nahm gerne ihr Congé, und Dolores huschte fröhlich mit dem Staubpinsel in der Hand umher, sang ein fröhliches Stück Oper und hielt bei jedem Ton inne, um zu lauschen vertrauter Schritt, das perfekte Bild einer glücklichen, erwartungsvollen Hausfrau, die sich auf die Rückkehr eines geliebten Menschen vorbereitet. Plötzlich sprang ein schneller Schritt die Treppe hinauf, und Dolores flog zur Tür, bevor der Schlüssel das Schloss öffnen konnte, schwang sie weit auf und wurde von Percy eng umschlungen, der sie mit einem fröhlichen „Bon Matin" begrüßte . *Chère amie!* Und wie ist es dir in diesen Tagen ergangen? Dann bemerkte sie den Staubbesen auf dem Boden neben ihr: „Warum! Wie ist das? Ist Lorette nicht erschienen, dass meine Geliebte ihre Pflichten erfüllen muss?"

„Oh nein! Ich habe sie weggeschickt", lächelte Dolores. „Ich wusste, dass wir sie heute nicht brauchten – und" (schüchtern) „Ich wollte nicht, dass eine dritte Person unsere Begrüßung nach deiner langen Abwesenheit stört."

"Lang!" wiederholte Percy lachend, während er sich in einen Sessel warf und sie auf eine Ottomane neben sich zog. „Lange? Drei Tage, *ma petite?* So lange bin ich oft von dir abwesend."

„Du bist in diesem Jahr unseres neuen Lebens noch nie so lange von der Stadt abwesend gewesen", sagte sie, während sie seine Hände streichelte, „ohne mich mitzunehmen, mein Mann. *"ami* .

„Na ja, aber ich bleibe oft so lange von diesem bezaubernden Nest fern, ohne dich zu sehen!"

„Solange ich weiß, dass du in der Stadt bist, bin ich nicht einsam. Die Luft, die ich atme, scheint von deinem Atem durchdrungen zu sein, und ich bin glücklich und zufrieden, auf dein Kommen zu warten. Wenn ich die Straße entlang gehe, verspüre ich ein freundliches Interesse daran Scharen von Menschen treffe ich, weil Sie vielleicht unter ihnen sind. Aber wenn Sie nicht in der Stadt sind, scheint die ganze Welt entvölkert zu sein. Gestern bin ich eine Weile über den Broadway gelaufen, aber die Menschen sahen für mich alle wie grässliche Phantome aus. Weil Sie es waren nicht, ich wusste, unter ihnen schien es kein Leben zu geben, keine Schönheit in den sich bewegenden Formen. Ich eilte nach Hause und versteckte mich in diesen Räumen, die so voller Erinnerungen an dich waren.“

So süß ihre Worte der Liebe und Hingabe auch waren, sie warfen einen schwachen Schatten auf das Gesicht ihres Zuhörers.

„Ich fürchte, Sie erlauben sich, während meiner Abwesenheit zu melancholisch zu sein!“ er sagte. „Es macht mich traurig, wenn ich daran denke, dass du so einsam bist. Ich möchte, dass du immer glücklich und zufrieden bist.“

„Oh, das bin ich, das bin ich!“ sie beeilte sich zu antworten. „Wie könnte ich helfen, in unserem idealen Leben glücklich zu sein? Wir sind so unabhängig von der Welt, so im Einklang mit unseren eigenen Prinzipien, so treu zueinander – Oh, Percy! Ich glaube nicht, dass zwei Menschen dann glücklicher sein könnten. “ wir sind es; du? Bist du nicht vollkommen glücklich mit mir, mein Lieber?“

Nur eine Sekunde lang zögerte Percy, bevor er antwortete. Dann bemerkte er den ängstlichen, fragenden Blick in Dolores' Augen und antwortete:

„Ja, perfekt: oder besser gesagt, ich bin glücklicher in meiner Gesellschaft mit dir als seit vielen Jahren. Ich weiß, dass mein Leben in vielerlei Hinsicht auch besser und meine Gedanken gerechter sind als in meinen alten, ruhelosen Tagen voller Abenteuer . Doch natürlich gibt es kein Los ohne Ärger und Sorgen. Haben Sie jemals darüber nachgedacht, wie seltsam es ist, dass der Mensch von einem Herrscher, der ihm hier auch nur einen Monat davon verweigert, eine ganze Ewigkeit ungetrübter Glückseligkeit erwartet?“

Dolores schüttelte ihren goldenen Kopf.

„Früher habe ich viel über die nächste Welt spekuliert“, sagte sie. „Ich habe alle möglichen Bücher zu diesem Thema gelesen und war sehr verwirrt. Schließlich habe ich mich wieder auf die orthodoxen Ideen verlassen, die genauso vernünftig sind wie alle anderen. Ich bin sicher, dass die Welt und die menschliche Natur zum Bösen neigen. Ich denke Es ist ein Unglück zu existieren, und wir brauchen ein zukünftiges Leben, um uns für alles zu entschädigen, was wir hier ertragen. Und ich bin sicher, dass es eines Mittlers bedarf, um den Schöpfer jemals mit uns zu versöhnen oder uns ewige Freude zu schenken; aber wir können es erreichen es, wenn wir den Weg suchen.

„Ich glaube nicht, dass wir Freuden erleben können, die wir hier nicht verdient haben", antwortete Percy. „Ich glaube nicht an plötzliche Bekehrungen, an Reue auf dem Sterbebett oder an die Reinigung durch Blut. Dieser Glaube gibt einem Menschen insgesamt zu viel Spielraum. Ich denke, dass jeder verletzte Grundsatz, jeder gestillte Appetit, jede selbstsüchtige oder gemeine Handlung oder jeder Gedanke dazu führen wird." Zählen Sie am letzten Tag gegen uns, ganz gleich, wie sehr wir an der Schwelle des Todes Buße tun oder wie sehr wir nach Erlösung schreien. Die Erlösung hängt von uns selbst ab und davon, wie wir unsere Zeit auf Erden nutzen. Wir formen unseren Geist durch unser tägliches Handeln lebt im Körper. So wie wir sie geformt haben – schön oder abscheulich, werden sie vor Gott erscheinen, wenn unsere Körper abfallen und sie nackt zurücklassen. Wir können nicht erwarten, dass irgendeine Macht in einem Augenblick die Narben entfernt, die wir hinterlassen haben ein Leben voller Unrecht. Es wäre keine gerechte Macht, wenn dies der Fall wäre. Warum sollte der Mann, der sein ganzes Leben in Sünde gelebt hat, gereinigt werden, indem er auf seinem Sterbebett zu Christus schreit – und ihm erlaubt werden, in genau solche Freuden einzutreten? was der gute Mann durch ein Leben voller edler Taten verdient hat? Ich glaube nicht an ein solches Glaubensbekenntnis.

Dolores legte eine sanfte Hand auf seinen Mund.

„Lasst uns nicht über Religion reden", sagte sie. „Ich fürchte, du bist ein trauriger Ketzer. Dennoch stimme ich mit dir überein, dass jedes verletzte Prinzip gegen uns zählt. Aber wir brauchen deswegen den Tod nicht zu fürchten, Percy. Ich lebe meinen höchsten Überzeugungen vom Recht nach, nicht wahr?"

Wieder zögerte Percy. Dann legte er seine Hand auf ihr goldenes Haupt und blickte ernst in ihre süßen Augen, als er antwortete:

„Manchmal, Dolores, habe ich nicht das Gefühl, dass ich es bin. Manchmal belasten mich die Ängste, dass du eines Tages unsere unabhängige Vorgehensweise bereuen könntest, zusammen mit der Tatsache, dass wir gezwungen sind, so viel von unserer Kameradschaft vor der Welt zu verbergen wie eine Last.

Sie ergriff seine Hand und hielt sie an ihre Wange.

„Es darf nicht, es darf nicht!" Sie weinte. „Ich werde diese perfekten Tage mit Ihnen niemals bereuen – niemals. Wir haben keine Prinzipien verletzt. Alle Gesetze werden von Menschen gemacht, und jede Nation hat ihre eigenen besonderen Ideen und Regeln zu diesem Thema. Ich glaube, dass Gott unsere Kameradschaft segnet und gutheißt." Du sagst mir, dass dein Leben dadurch besser wird, und ich weiß, dass ich zehnmal selbstloser, weiblicher und mitfühlender bin als je zuvor. Sicherlich waren wir einander eine Bereicherung und eine Stärke. Was die Geheimhaltung betrifft, bin ich es jederzeit bereit und willens, der Welt zu begegnen. Percy, – stolz, wie George Eliot ihr begegnete. Ich schäme mich nicht meiner Liebe zu dir oder meiner Hingabe an dich. Ich habe nie um Geheimhaltung gebeten."

Percy errötete leicht.

„Ich weiß, dass du das nicht getan hast", antwortete er. „Aber die Welt verurteilt ohne Gerichtsverfahren jeden, der es jemals wagt, sich ihrer Meinung zu widersetzen. Würden wir unsere Ideen öffentlich verkünden, wären wir tausend Ärgernissen ausgesetzt, denen wir jetzt entkommen. Spinner und Schurken würden keinen Unterschied zwischen unserer süßen Kameradschaft und ihrer machen." Wir besitzen ein unmoralisches Leben, während die Gesellschaft uns gänzlich verbannen würde und die Menschen im Allgemeinen uns verurteilen würden. Für Sie, aber auch für meine eigenen sozialen und geschäftlichen Interessen scheint es klüger zu sein, unsere angenehme Abgeschiedenheit zu wahren."

„Dennoch ist die Gesellschaft voller schändlicher Intrigen – der allerbesten davon", rief Dolores voller Verachtung. „Genau die Menschen, die uns für unsere Ideen verurteilen würden, verbergen beschämende Untreue in ihrem eigenen Leben."

„Einige von ihnen", gab Percy zu, „nicht alle. Manchem Mann in meinem Bekanntenkreis, der meinen Namen von seiner Besuchsliste streichen würde, wenn wir unsere Überzeugungen öffentlich machen würden, geht es ähnlich, nur dass er auch täuscht." eine Frau; während ich keinem Dritten Unrecht tue. Aber in den Augen der Menschen besteht die Sünde, wissen Sie, darin, entdeckt zu werden."

„Gott sei Dank, ich bin nicht in der Lage einer dieser betrogenen Frauen!" rief Dolores inbrünstig. „In dem ersten Moment, in dem du meiner überdrüssig wirst oder dein Herz von mir abweicht, kannst du gehen, ohne zu zögern und ohne Gerichtsverfahren. Ich sollte nicht wollen, dass du bleibst, nachdem du aufgehört hast, mich zu lieben. Du kennst mich Die Maxime lautet: „Wer liebt, ist verheiratet, und wer nicht mehr liebt, ist nicht mehr verheiratet."

Dolores glaubte wirklich, was sie sagte. Es ist so einfach, in seinen Theorien liberal und breit zu sein, bevor unsere schwachen menschlichen Herzen auf die Folter gelegt werden.

Percy, der das Gefühl der Freiheit genoss, das ihre Worte ihm gaben, fühlte sich auch von einer liebevollen Bewunderung für die schöne Rednerin bewegt. Er streckte seine Arme aus und zog ihren schönen Kopf an sein Herz.

„Ich werde deiner nie müde, meine königliche Dame!“ sagte er und küsste ihre Stirn und Wange. „Sie vereinen alle Eigenschaften, die nötig sind, um mir treu zu bleiben. Sie sind ein heller geistiger Begleiter, ein wunderschönes Bild für meine Augen und ein liebevoller Herzensfreund. Und dann behindern Sie nie meine Freiheit oder beunruhigen mich, indem Sie fragen, wo ich gewesen bin.“ , oder wohin ich gehe, oder warum ich nicht früher nach Hause gekommen bin, wie es so viele Frauen tun. Ich schätze Ihren wunderbaren gesunden Menschenverstand, wenn ich sehe, wie einige meiner Freunde den Launen anspruchsvoller Frauen zum Opfer fallen.“

„Mir scheint“, antwortete Dolores, „dass eine Frau einen großen Fehler begeht, die von einem Mann erwartet, dass er alle seine alten Freunde und Vergnügungen aufgibt und jeden Moment seines Lebens ihr widmet und ihr Rechenschaft ablegt.“ Jede Stunde, die außerhalb ihrer Gegenwart verging, muss für einen Mann, der an seine Freiheit gewöhnt ist, furchtbar ärgerlich sein. Ich denke, Männer sind wie einige temperamentvolle Pferde – je fester man die Zügel anzieht, desto rücksichtsloser ist ihr Tempo: während sie mit einem leichten Am Zügel joggen sie ganz gemächlich dahin. Aber wo wir gerade von unserem Glück reden, mein Lieber, ich habe neulich in einem alten Buch ein kleines Gedicht gelesen, das mich an unsere Liebe erinnerte. Darf ich es dir vorlesen?“

Percy blickte auf seine Uhr:

„Ja, wenn es nicht sehr lange dauert“, sagte er. „Wir müssen in einer halben Stunde losfahren.“

Dolores rannte los, holte eine alte Zeitschrift von ihrem Schreibtisch aus Ebenholz, setzte sich wieder auf Percys Knie und las das Gedicht vor.

„Der Name des Autors wird nicht genannt“, sagte sie; „Aber mir kam es so vor, als hätte derjenige, der es geschrieben hat, geliebt, wie wir lieben, Percy – mit allen Fähigkeiten seines Wesens. Es heißt

DREI-FACH

Irgendwo habe ich die Reflexion eines nachdenklichen Geistes gelesen:
„Alle vollkommenen Dinge sind dreifach.“ Und ich weiß, dass
unsere Liebe dieses seltene Symbol der Vollkommenheit hat:
Die Reaktion des Gehirns, das hinreißende Leuchten des warmen Blutes,

die süße Sprache der Seele, still und unausgesprochen .
All dies verbindet uns durch eine unsterbliche Verbindung.
Denn wenn unser zerbrechliches Lehmhaus zerbrochen ist,
werden unsere Geister immer noch Liebhaber sein, in der Höhe.

Mein sehnlichster Wunsch, du sprichst, bevor ich es sage.
Du verstehst die Funktionsweise meines Herzens.
Der Gedanke meiner Seele, eingeatmet, wo nur Gott ihn gehört hat,
Du ergründst mit deiner seltsamen Wahrsagungskunst.
Und wie ein Feuer, das jubelt, entzündet und segnet
und ein Haus voller glücklicher Hitze durchflutet,
so durchdringt mich die subtile Wärme deiner Liebkosungen
mit einer Verzückung, so scharf und süß.

Und so manchmal, wenn Sie und ich uns gemeinsam
über die dreifachen Freuden aller lieben Liebe freuen,
kann ich nicht umhin, mich vage zu fragen, ob,
wenn unsere befreiten Seelen ihre spirituellen Höhen erreichen,
selbst wenn wir das obere Reich erreichen, wo Gott ist,
und Finde die Geschichten der himmlischen Herrlichkeit wahr,

Ich frage mich, ob wir unseren Körper nicht vermissen werden,
und lange, manchmal stundenlang wussten wir es auf der Erde.

So wie wir jetzt manchmal darum beten, unser Gefängnis zu verlassen
und alle körperlichen Anforderungen zu überwinden,
dürfen wir nicht seufzen, wenn wir aufgestanden sind,
für nur eine altmodische Berührung von Lippen und Händen?
Ich weiß, liebes Herz, ein Gedanke wie dieser erscheint gewagt, wenn es
um Gottes gewaltige Regierung oben geht,
doch selbst *dort* schrecke ich davor zurück,
ein Element ganz zu verschonen, nämlich unsere dreifache Liebe."

„Was für eine sehr seltsame Idee!" kommentierte Percy mit einem leichten
Stirnrunzeln, als Dolores das Gedicht zu Ende gelesen hatte. „Es hat
zumindest den Vorzug, originell zu sein, aber ich kann nicht sagen, dass es
mir gefällt."

„ Trotzdem drückt es sehr viel aus: Die Person, die es komponiert hat, muss
jede Phase der Liebe verstanden haben. Finden Sie das nicht?"

„Es ist genauso wahrscheinlich, dass der Autor überhaupt nie geliebt hat,
außer in der Fantasie. Und ich mag die Vorstellung nicht, mich jemals nach
meinem Körper zu sehnen, nachdem ich einmal mit seinen lästigen
Anforderungen fertig geworden bin. Er ist zu materiell."

Dolores sah Percy verwundert an.

„Was für ein seltsamer Mann du bist!" Sie sagte. „Schließlich glaube ich nicht, dass ich Sie ganz verstehe. Manchmal schockieren Sie mich mit Ihrem Mangel an Orthodoxie, und wieder habe ich das Gefühl, als ob Ihre spirituelle Natur in ihrer Entwicklung meiner eigenen weit voraus war. Sie sind ein Paradoxon, *Mann ami* . Aber da ist die Kutsche, und ich muss Hut und Handschuhe anziehen.

Kapitel XV.

Plötzlicher Flug.

Als Percy eines Tages die Treppe zur Straßentür hinunterlief, war sein Geist in einem sehr zufriedenen Zustand.

Dieses uneingeschränkte Leben mit einem durch und durch sympathischen Gefährten, der ganz für ihn lebte und dennoch seine Freiheit nicht im Geringsten einschränkte – was könnte entzückender sein?

Er hatte alle Annehmlichkeiten und Vorzüge eines Zuhauses, ohne die Sorgen oder die Monotonie des häuslichen Lebens.

„Ich bin der glücklichste Mensch", sinnierte er, als er auf dem unteren Treppenabsatz stehen blieb, um seine Zigarre anzuzünden. „Unter den Tausenden in dieser Stadt, deren angenehme Begleiter wie erlesene Edelsteine vor den Augen der Welt verborgen sind, bezweifle ich, dass es eine andere Dolores gibt. So schön, so wahrhaftig, so vernünftig und so vollkommen zufrieden mit ihrer Situation. Sicherlich." Ich bin ein undankbarer Hund, der sich, wie so oft, jemals unzufrieden und unruhig fühlt."

Er öffnete die Straßentür und stand Homer Orton gegenüber.

Sie begrüßten sich herzlich und gingen gemeinsam die Straße entlang.

Eine der ersten Bemerkungen des Journalisten zerstörte Percys Gefühl glücklicher Sicherheit und Abgeschiedenheit und machte ihn den ganzen Tag über unglücklich.

„Übrigens", sagte Homer, „wissen Sie, ob Miss King, in deren Räumen wir uns in Paris trafen, in New York ist? Ich war mir fast sicher, dass ich sie kürzlich am Broadway gesehen habe."

Percys Herz erstarrte vor Angst. Um nichts in der Welt würde er Homer Orton wissen lassen, dass Dolores genau in dem Block wohnte, aus dem er gerade gekommen war. Ihr zuliebe, ihr beider zuliebe, das darf nicht sein.

„Es scheint nicht möglich, dass es Miss King gewesen sein könnte", antwortete er ausweichend. „Ich gab ihr meine Adresse in Europa, und sie versprach mir treulich, mich sofort zu benachrichtigen, wenn sie zu irgendeinem Zeitpunkt nach Amerika zurückkehrte, auch nur für einen kurzen Besuch."

„Nun, ich könnte mich geirrt haben", fuhr Homer ahnungslos fort. „Aber es war auf jeden Fall eine verblüffende Ähnlichkeit. Was für ein wunderschönes

Geschöpf sie war! Schade, dass sie sich so sehr von ihren Hobbys hinreißen ließ. Ich dachte immer, man könnte ihr diese vielleicht ausreden, wenn irgendjemand das könnte, und Überwinde ihre Einwände gegen die Ehe.

„Ich bin kein Mann, der heiratet", antwortete Percy kühl, „und ich respektiere die Ansichten der Dame zu sehr, um zu wünschen, dass sie sie ändert. Guten Morgen."

Er war den ganzen Tag verärgert und irritiert, als er sich an seine morgendliche Begegnung mit Homer Orton erinnerte.

Doch seine Verärgerung verwandelte sich in völlige Besorgnis, als er den Journalisten zwei Tage später genau am selben Ort wieder traf.

„Befinden sich Ihre Zimmer in diesem Block?" fragte Homer überrascht, als er seinen Freund begrüßte. „Wenn ja, sind wir in der Nähe von Nachbarn. Ich steige im Block darüber ein."

„ Nein , ich habe einen Freund angerufen", antwortete Percy kühn. „Er ist krank und ich komme oft vorbei, um ihn zu sehen." Und dann beeilte er sich, das Gespräch zu ändern.

Er dachte den ganzen Tag über über die Situation nach. Offensichtlich muss etwas getan werden. Da der Journalist so nah war, konnte Dolores jeden Tag von ihm gesehen werden, und dann, wer könnte sagen, würde die Geschichte vielleicht nicht mit großen Schlagzeilen in den Morgenzeitungen erscheinen. Es wäre ein ausgezeichneter Sensationsartikel. Aber selbst wenn der Journalist es nicht öffentlich machen sollte, würde allein die Tatsache, dass er von Dolores' Anwesenheit in Amerika wusste, allen Trost zerstören.

Noch vor Einbruch der Nacht entschloss er sich zu einem Ausweg. Zuletzt hatte er einige Investitionen in Südamerika getätigt. Er hatte vorgehabt, irgendwann in der Zukunft Valparaiso zu besuchen, um sich um seine Angelegenheiten zu kümmern. Warum gehst du nicht sofort hin und nimmst Dolores mit? Sie war die bezauberndste aller Reisebegleiterinnen, und die Reise, die zwei oder drei Monate in Anspruch nehmen könnte, wenn sie sich dazu entschließen würden, wäre ein weiteres entzückendes Erlebnis zu ihren vielen Abenteuern.

Und der Journalist hätte vor ihrer Rückkehr zweifellos seinen Standort geändert. Er wusste , dass Zeitungsleute nie lange an einem Ort blieben.

Noch bevor eine weitere Woche verstrichen war, machten sich die beiden Kameraden auf den Weg.

Es war fast Sonnenuntergang. Zwei Amerikaner mit einheimischen Führern, die gemächlich in spanischen Sätteln die wundervolle Reise von Arequipa nach Santiago zurückgelegt hatten, näherten sich einer Schlucht, neuntausend Fuß über dem Meeresspiegel. Den ganzen Tag über hatten sich ihre sanften Maultiere vorsichtig ihren Weg auf bloßen Felsplatten gebahnt und sich durch Risse und Spalten hin und her bewegt, die ihren staunenden Augen ein kaleidoskopisches Bild boten.

Als sie plötzlich aus dem schmalen Gebirgspass herauskamen, öffnete sich vor ihnen ein Tal, wie eine wunderschön inszenierte Bühnenszene, wenn sich der Vorhang hebt. Die Fläche des Tals betrug nicht mehr als drei Hektar, aber rundherum ragten die riesigen Türme aus Andengranit in sich verjüngenden Linien bis in die Wolken empor: jede Spalte, jede Naht war mit einem prächtigen Grün aus Ranken bedeckt, die Hunderte von Fuß hoch waren lang und schwer mit zartblättrigen Blüten. Am Fuße dieser Berge gedeiht der Kaktus in Perfektion; Solch eine Pracht der Blüte verwirrt die Leichtgläubigkeit der Reisenden. Farne, deren empfindliche Textur unbeschreiblich ist, verflochten dieses wunderbare Blumenarrangement: und aus verschiedenen Richtungen blitzten und glitzerten helle Bäche aus den zerklüfteten Felsen, während sie von Punkt zu Punkt sprangen, bis sie sich in einer unterirdischen Höhle verloren.

Die Führer schwangen die Hängematten; Die Maultiere wurden entladen und ermöglichten die Freiheit des Plateaus. Unter einer jungen Palme schwangen die Kessel, während das Abendessen für die müden und hungrigen Reisenden zubereitet wurde.

Als sie von ihrem Mahl aus gekochter Yamswurzel, gebratenen Kochbananen, geräuchertem Fisch und Kakaomilch mit einem Nachtisch aus Mangos und Kiefern aufstanden, bemerkte Dolores, dass die Führer damit beschäftigt waren, eine Menge Sträucher anzuzünden, die sie im Laufe des Tages gesammelt hatten. Dieser Strauch war stark mit Paprika-Qualitäten angereichert und erfüllte die Luft sofort mit einem erstickenden Cayenne-Geruch.

„Was zum Teufel machen diese Männer?“ fragte Dolores mit ihrem Taschentuch vor dem Mund. „Glauben Sie, dass sie irgendeinen religiösen Ritus befolgen?“

Percy lachte, als er Dolores in ihre Hängematte half und sich in seine Nähe neben ihr schwang.

„Ich glaube, die Zeremonie, die Sie sehen, wird für uns von größerem praktischen Nutzen sein als jeder religiöse Ritus.“ er sagte. „Die Führer verbrennen den Potéké – einen einheimischen Strauch, der sicheren Schutz vor Insekten bietet; Eidechsen, Mücken, Käfer und Reptilien aller Art machen sich kurzerhand auf den Weg, wenn dieser pfeffrige Duft die Luft erfüllt. Eine gute Nachtruhe ist uns sicher.“ auf diese Weise.“

„Ja, wenn uns der Geruch nicht erstickt", murmelte Dolores aus den Falten ihres Taschentuchs.

„Oh, Percy, schau!"

Percy schaute in die von Dolores angegebene Richtung und seine Augen wurden von einem Phänomen begrüßt, das nur auf den Hochebenen der Anden zu sehen war. Es waren die sich verdoppelnden Linien der untergehenden Sonne auf den zinnenbesetzten Felsen, die zwischen den Spitzen und dem Becken durchbohrten. Sie reichten wie silberne Fäden hinein und erröteten dann zu Gold und Bernstein, während sie immer tiefer ins Tal hinabfielen und in einer Dreifaltigkeit von Farben auf dem wundervollen Laubwerk ruhten oder wie Regenbogen über den glitzernden Bächen hingen.

Percy und Dolores starrten schweigend und fast atemlos zu, während sich die langen Linien der Herrlichkeit in sanftes Amethyst und Grau verwandelten. Die Führer schliefen tief und fest; die müden Maultiere standen knietief im wilden Klee; Zwischen den Blättern der Kautschukbäume sang ein buntgefiederter Arajojo sein freches Ta-ha-ha – Ta-ha-ha.

Dolores streckte ihre Hand aus und ergriff Percys Hand im verblassenden Glanz des wundervollen Sonnenuntergangs.

"Oh Liebe!" Sie seufzte. „Ich wünschte, Gott würde uns heute Nacht sterben lassen, das Leben ist so perfekt. Und irgendetwas sagt mir, dass wir auf Erden nie wieder so glücklich sein werden."

Kapitel XVI.

EIN MANN UND ZWEI FRAUEN.

Bald nach ihrer Rückkehr wurde Percy nach Centerville gerufen, einem großen Dorf, das nur wenige Autostunden von New York entfernt liegt. Er hatte dort einige Monate vor seiner Südamerikareise ein Geschäft mit Mr. Griffith aufgebaut, und nun mussten ihre Angelegenheiten überarbeitet und überprüft werden.

Da Percy am Sonntag festgehalten wurde, machte er nach seinem späten Frühstück einen Spaziergang. Centerville war nicht gut mit Schulen oder anderen öffentlichen Gebäuden ausgestattet; aber wie die meisten großen Dörfer verfügte es über mehrere imposante Kirchengebäude.

Der Tag war warm und von einem Spätsommerdunst gekrönt. Als er an einem kostbaren Steintempel der Anbetung vorbeiging, ertönte durch die offenen Fenster eine Stimme, die so rein, so schön, so anziehend war, dass er unwillkürlich innehielt, um zuzuhören. Es war die Stimme einer Frau, die die altbekannte Hymne sang, aber sie hatte für ihn eine neue Bedeutung, als er zuhörte:

„Führe mich, oh du großer Jehova,
Pilger durch ein karges Land!
Ich bin schwach, aber du bist mächtig.
Führe mich mit deiner mächtigen Hand."

Noch nie in seinem Leben hatte Percy seine eigene Endlichkeit so erkannt, nie hatte er die höchste Majestät des Schöpfers so verehrt wie während er dieser Stimme lauschte und die vertrauten Worte mit unbeschreiblichem Pathos und Leidenschaft sang.

Percys furchtlose Kritik an Glaubensbekenntnissen und Dogmen hatte ihm unter Menschen mit illiberalem Denken den unverdienten Ruf eines Atheisten eingebracht.

Die Welt ist voll von gutherzigen, aber kurzsichtigen Menschen, die jeden Menschen als Ungläubigen oder Wahnsinnigen brandmarken und deren Vorstellungen von der Gottesverehrung sich von ihren eigenen unterscheiden.

Percys ganzes Wesen war zutiefst ehrfürchtig; Aber seine Vorstellungen von Religion waren zu hoch und weit, als dass der gewöhnliche Geist, der an die ausgetretenen Gräben des Denkens gewöhnt war, sie verstehen oder auch nur begreifen könnte. In seiner frühen Kindheit hatte er an alles geglaubt ;

Kirche, Frau, Zuhause, Glück. Aber eine Frau hatte ihn mitten im Ozean zerstört; und er hatte all seinen alten Glauben an menschliche und göttliche Dinge über Bord geworfen und dabei kaum sein Leben und seinen Verstand gerettet.

Dann, als die Zeit verging und seine Verletzungen heilten, kehrte seine angeborene Ehrfurcht vor *etwas* zurück, das über ihn selbst hinausging. Sein Glaube an ein zukünftiges Leben war ebenso fest und fest wie vage und undefiniert. Aber oft war er sich der Nähe seiner Mutter bewusst – der Mutter, die gestorben war, als er noch ein Jugendlicher war und sie am meisten brauchte. Und er *wusste* , dass sie lebte und ihn liebte und über ihn wachte. Es war ihre gelegentliche Anwesenheit, die ihn zweifelsfrei davon überzeugte, dass der Tod nur das Tor zu einem neuen Leben war.

Immer, wenn er sich selbst oder seinen Prinzipien untreu war, floh ihr Geist vor ihm, und wieder kam sie so nahe, dass er fast das Rascheln ihrer Flügel *hören konnte.*

Es waren nun lange Monate her, seit sie zu ihm gekommen war. Niemals in seinen Träumen, nie in seinen wachen Stunden; und das Gefühl der Einsamkeit und Sehnsucht war manchmal überwältigend.

Aber jetzt, während er der Stimme dieses unsichtbaren Sängers lauschte, kam seine Mutter zu ihm zurück; dort, im goldenen Dunst dieses Spätsommermorgens, war ihm ihre Nähe so bewusst, als ob seine Augen sie sähen.

„Brot des Himmels, Brot des Himmels,
füttere mich, bis ich nichts mehr will."

sang die Stimme, und sie schien mit einem lauten Schrei des Hungers und der Sehnsucht bis in die Höfe des Himmels zu klingen.

Noch nie hatte Percy das Verlangen in seiner eigenen Seele nach himmlischem Manna und nach etwas, das jenseits und größer als er selbst war und auf das er sich stützen konnte, so stark gespürt wie in diesem Moment.

Es schien ihm, dass er keine Ruhe finden konnte, bis er das Gesicht des Sängers gesehen hatte.

Er betrat die Kirche und setzte sich in eine freie Bank neben der Tür.

Der Gesang hatte aufgehört, und von seiner Position aus war der Chor durch einen Vorhang völlig vor den Blicken verborgen.

Percy saß während der langen und ermüdenden Predigt da und lauschte ungeduldig der trostlosen, unbequemen Rede.

„Kein Wunder", dachte er, „dass die Sängerin so viel Flehen in ihren Ruf nach ‚Brot des Himmels' legte, wenn sie ihre geistige Nahrung aus den Abfällen dieses Heiligtums beziehen würde. Die müde Seele würde am Wegrand in Ohnmacht fallen, wer war darauf angewiesen? auf solche Nahrung."

Die Predigt schien endlos zu sein, doch zur Freude der müden Gemeinde endete sie schließlich. Wieder hörte Percy diese Stimme von himmlischer Schönheit, die im Gesang zum Thron emporstieg; aber so sehr er sich auch bemühte, er konnte keinen Blick auf den Sänger erhaschen.

Er verließ die Kirche beruhigt, erleichtert, aber enttäuscht.

Als er am späten Nachmittag in seinem Zimmer im Hotel saß und Briefe schrieb, rief Mr. Griffith an.

„Ich habe dich heute Morgen in der Kirche gesehen", sagte er, „und meine Frau hat mich geschickt, um dich zum Tee nach Hause zu bringen. Sie dachte, es könnte langweilig für dich hier im Hotel sein, und obwohl wir einfache Leute sind, werden wir es sein." Ich freue mich, dass Sie kommen und mit uns gemeinsam essen können.

„Du bist sehr nett", antwortete Percy, „aber ich sollte diese Briefe zu Ende schreiben" –

„Kümmern Sie sich nicht um die Briefe", beharrte Mr. Griffith. „Meine Frau wird sich verletzt fühlen, wenn Sie nicht kommen; und wir können Ihnen zumindest gute Musik versprechen. Vielleicht ist Ihnen unsere Sopranistin heute Morgen im Chor aufgefallen. Sie wohnt bei uns, und wir denken, sie ist ungefähr so gut wie." Einer Ihrer Stadtsänger. Heute Abend gibt es keinen Gottesdienst in der Kirche, und wenn keiner da ist, singt sie immer für uns zu Hause. Die Leute bleiben förmlich an den Toren hängen, um zuzuhören. Ich hoffe, Sie kommen."

"Danke schön!" sagte Percy eifrig, erhob sich und schob sein Schreibmaterial beiseite. "Ich werde."

Als er Helena Maxon gegenüberstand – denn es war unsere alte Freundin, die wir nach mehr als fünf Jahren wieder begrüßen – verspürte Percy eine leichte Enttäuschung. Ihm war es so vorgekommen, als müsse eine solche Stimme einem Wesen gehören, das so schön war wie der Morgen – einem ätherischen Wesen, ganz aus Gold, Blau und Weiß, wie Aurora selbst.

Stattdessen sah er eine wohlgeformte Gestalt, die in ihren Kurven zu üppigen Kurven neigte, und ein Gesicht, das keinerlei Schattierungen hatte; ein dunkler Kopf und düstere Augen und eine Haut wie die braune Seite eines Pfirsichs und völlig frei von Farbe, abgesehen von den vollen roten Lippen des ziemlich großen Mundes.

„Ihr Gesicht ist zu rund für Schönheit", sagte er in seiner schnellen mentalen Analyse, „und ihr Mund und ihre Nase sind nicht klassisch. Aber welche exquisite Sorgfalt schenkt sie ihrer Person; was für perfekt gepflegte Hände, Zähne und Haare! Sie strahlt Reinheit und Sauberkeit aus wie eine Seerose. Und wo hat sie ihren unvergleichlichen Charme und ihre Art gelernt?"

Je weiter das Gespräch voranschritt, desto größer wurde Percys Verwunderung. Miss Maxons lockerer Wortfluss, ihre schlichte Würde und ihre Lebhaftigkeit machten sie geradezu charmant. Er vergaß bald, dass sie keine Töne hatte; Denn während sie sprach, schien das Licht ihres Geistes durch ihr Gesicht zu scheinen und es zu erhellen wie Sonnenlicht, das durch ein Herbstblatt scheint. Und die seltsame Eigentümlichkeit ihrer Augen zog ihn sofort an und faszinierte ihn mit ihrem hypnotisierenden Zauber. Sobald Helena sich für irgendein Thema zu interessieren begann, über das sie sich unterhielt, oder für ihre Musik oder für die Persönlichkeit ihrer Zuhörer, war ein zarter Film, der fast wie Rauch aussah, der nachts über dem Himmel aufsteigt, vollständig umhüllte ihre dunklen Augen. Es schien alle materiellen Objekte aus ihrem Blickfeld auszuschließen, als würde ihre Seele einen Vorhang vor ihr Augenlicht ziehen, damit sie die Wunder, die nur für spirituelle Augen sichtbar sind, besser betrachten konnte. Doch durch diesen Vorhang war dir bewusst, dass ihre Seele in deine blickte.

Es ist eine Besonderheit, die nur in den Augen derjenigen zu sehen ist, die über hellseherische Kräfte verfügen; und es fesselte Percys Blick auf Helenas Gesicht und faszinierte ihn, wie ihn noch nie bloße körperliche Schönheit fasziniert hatte.

Nach und nach sang sie, und wieder fühlte sich Percy, während er zuhörte, in eine neue, erhabene Atmosphäre emporgehoben.

Es war, als würde seine Seele aus seinem Körper herausragen und auf den Wellen ihrer Stimme nahe der Geisterwelt schweben.

Percy wusste nie genau, wie das Gespräch begann: Aber nachdem sie wieder Platz genommen hatte, erzählte er ihr plötzlich, wie besonders ihr Gesang ihn berührt hatte.

„Zweifellos werden Sie mich für eine Art Wahnsinnige halten!" er sagte. „Aber während du heute Morgen gesungen hast, kam es mir vor, als ob meine Mutter, die seit meinem frühen Mannesalter tot ist, in meine Nähe kam. Der Eindruck hielt den ganzen Tag an: und er hat mir ein unaussprechliches Glück beschert."

Ein plötzliches Licht verwandelte Helenas Gesicht und machte es absolut schön. Sie beugte sich leicht nach vorne, die Hände vor dem Körper verschränkt.

„Dann sind Sie anfällig für diese Eindrücke?" Sie sagte. „Ich freue mich immer und bin daran interessiert, jemanden zu treffen, der es ist. Es gibt so wenige Menschen auf der Welt, die erkennen, wie dünn der Schleier ist, der uns von unseren Lieben trennt. Nun, Herr Durand, wenn ich singe, singe ich oft Ich fühle nicht nur, ich *weiß*, dass mein Vater und meine Mutter nah bei mir sind und mich mit ihrer Liebe und ihrem Mitgefühl umhüllen. Und dann singe ich, wie ich sonst nie singe. Das Hochgefühl ihrer Anwesenheit erfüllt mich mit Kraft und Ekstase das ist unbeschreiblich. Ich fühle mich fast mehr als nur ein Mensch."

Sie hörte plötzlich auf zu sprechen und ihr Gesicht erstrahlte in einem göttlichen Licht. Eine subtile Wärme und ein Duft schienen von ihr auszuströmen; Percy fühlte sich begeistert und angezogen, von einem ebenso mysteriösen wie mächtigen Einfluss.

„Dann leben deine Eltern nicht?" sagte er sanft.

„Nicht hier", antwortete sie mit einem traurigen Lächeln. „Sie starben in einem Jahr. Mein Vater wurde Opfer eines heftigen Fiebers, das unsere Stadt verwüstete; meine Mutter trauerte ein paar Monate später ins Grab. Es war eine perfekte Verbindung gewesen; sie waren geistige Kameraden, spirituelle Affinitäten, körperliche Gefährten." . Sie konnten nicht getrennt existieren. Es war besser, dass sie sich ihm so bald anschloss."

„Es hat dich sehr allein gelassen?" Percy sprach leise und wusste kaum, was er angesichts eines solchen Trauerfalls sagen sollte.

„Ja und nein", antwortete sie. „Wenn ich geglaubt hätte, dass sie auf der Erde liegen und auf den Tag des Jüngsten Gerichts warten, in Dutzenden, Tausenden oder Millionen von Jahren, wäre ich verrückt vor meiner Trostlosigkeit gewesen. Aber mein Glaube war so tröstlich für mich, wie unorthodox er auch sein mochte, den ich gefunden habe." Kraft und Glück darin.

„Sag mir, was es ist?" drängte Percy ernst, fast eifrig. „Diese Themen interessieren und faszinieren mich. Vor langer Zeit lehnte mein Intellekt alte Dogmen ab. Dennoch fällt es mir schwer zu wissen, was ich glauben soll. Die abgenutzten Glaubensbekenntnisse beleidigen meine Intelligenz. Die liberalen Lehrer der Zeit schockieren mich mit ihrer Respektlosigkeit und gehen meine Seele ist hungrig: und im Spiritualismus finde ich so viel Betrug,

Betrug und Unmoral, vermischt mit ein paar geheimnisvollen und unbefriedigenden Wahrheiten, dass ich wieder in Verzweiflung bin.

„Aber du darfst nicht verzweifeln", sagte Helena mit einem ihrer schönen Lächeln. „Sie haben den Spiritualismus nicht vom richtigen Standpunkt aus betrachtet. Solange Sie seine Wahrheiten über professionelle Medien suchen, werden Sie unzufrieden und verwirrt sein."

„Dann halten Sie das alles für Humbugs?"

„Sicherlich nicht", antwortete Helena mit Nachdruck. „Es gibt Menschen, die zweifellos mit der Gabe der Wahrsagerei ausgestattet sind. Es gibt besonders organisierte Wesen, die die Zukunft und die Vergangenheit lesen können – Wesen, die durch diesen dünnen Schleier der Sterblichkeit und darüber hinaus in die spirituellen Bereiche blicken, die uns sehr nahe liegen . Aber wir dürfen uns nicht auf diese Menschen verlassen, um Aufklärung zu diesem Thema zu erhalten. Wenn wir das tun, verlieren wir bald unsere Individualität; wir werden abhängig, unpraktisch und visionär. Gott hat uns hierher gesetzt, um unser eigenes Schicksal zu bestimmen – um zu arbeiten und darauf zu warten Ereignisse, nicht den Vorhang beiseite zu reißen und die Chiffre zu lesen, die von wenigen verstanden wird.

„Aber wie kann ich dann aus diesem Glauben die Vorteile ziehen, die Sie erwähnen?" fragte Percy.

„Sie müssen auf die Entwicklung Ihrer eigenen spirituellen Natur und die daraus folgende Kreuzigung Ihres niederen Selbst achten, um den Trost und Nutzen dieses Glaubens zu erlangen. Dabei werden Ihnen Ihre verstorbenen Freunde helfen."

„Glaubst du, dass sie dort genauso viel Interesse und Liebe für uns haben wie hier?"

„Oh ja, gewiss. Doch oft erscheinen unsere Sorgen in ihrer erweiterten Sicht so, wie uns die Sorgen von Kindern über kaputtes Spielzeug erscheinen; dennoch bemühen sie sich, uns zu trösten."

„Wenn das wahr ist", warf Percy ein, „warum lag es dann daran, dass ich nach dem Tod meiner Mutter nachts wach lag und den Himmel anflehte, er möge mir erlauben, ihre Berührung zu spüren oder ihr Gesicht zu sehen, wenn auch nur für eine Weile?" Zweitens, warum ist sie nicht zu mir gekommen?

„Weil", antwortete Helena sanft, „ihre Freiheit eingeschränkt ist, ihre Kräfte begrenzt sind, genau wie unsere eigenen. Sie führen ein höheres, freieres, erhabeneres Leben, aber sie sind keine Götter. Ich erinnere mich daran, wann." Ich wurde zuerst von zu Hause ins Internat geschickt, wie bitter war mein Heimweh und meine Trauer. Ich schrieb tränenüberströmte Briefe an meine Mutter und bat sie, zu mir zu kommen. Sie kam nicht, andere und wichtigere Pflichten hielten sie zurück zu Hause. Sie wusste, dass es für mich besser war, zu bleiben und meine Einsamkeit zu überwinden. Deine Mutter in der Geisterwelt könnte also durch die wundervollen Aufgaben, die ihr übertragen wurden, aufgehalten worden sein. Doch bei anderen Gelegenheiten kommt sie zweifellos zu dir, wie sie kam heute Morgen. Ich denke jedoch, dass wir von diesen reinen Geistern keine häufige Gesellschaft erwarten können, es sei denn, wir kultivieren den größten Teil unserer Natur. Sie werden nicht in unserer Nähe bleiben, wenn wir in unseren Zielen und Ambitionen völlig irdisch und in unseren unmoralischen sind Leben."

„Das glaube ich – da bin ich mir aus eigener Erfahrung sicher", sagte Percy mit leiser Stimme. „Immer wenn ich gegen einen Grundsatz verstoße, flieht meine Mutter wie aus Angst vor mir. Sie war viele Monate abwesend, Miss Maxon, bis Ihre Stimme sie umwarb."

„Darin liegt die große religiöse Lektion dieses Glaubens." fuhr Helena fort. „Ich stelle fest, dass sogar mein kleinkariertes Temperament, meine lieblosen Gefühle oder gedankenlose Kritik an anderen Menschen diese heilige Gesellschaft abschrecken. Ich muss ständig auf meinen Geist und mein Herz achten, um keine bösen oder selbstsüchtigen Gedanken in mich eindringen zu lassen, wenn ich …" Ich würde ihren hilfreichen und liebevollen Einfluss behalten. Es ist keine leichte Aufgabe, Herr Durand. Es ist ein ständiger Kampf zwischen der materiellen und der spirituellen Natur. Aber die Ergebnisse sind herrlich. Oft habe ich böse Gefühle und selbstsüchtige Gedanken in die Flucht geschlagen , zurück zu meiner Seele, wie ein Schwarm weißer Tauben, fliegen die Geister tröstender Freunde und erheben mich in eine Atmosphäre, die so himmlisch und schön ist, dass ich kaum zur Erde zu gehören scheine. Oh, Gott könnte ihm sicherlich keine bessere Beschäftigung geben Engel, als dass wir uns manchmal von ihnen trösten lassen, so. Sicherlich ist an diesem Glauben nichts Respektloses oder Falsches.

„Nein, es ist der süßeste aller Glaubenssätze", antwortete Percy. „Es beraubt den Tod all seiner Schrecken, und es ist ein Glaube, der an Boden gewinnt. Glauben Sie nicht?"

„Ja, in der Tat, bei den eher intellektuellen Klassen. Es gab eine Zeit, in der es als Beweis von Unwissenheit galt , irgendeinen Glauben an geistige Hilfe zu bekennen. Heute gilt es als Beweis von Unwissenheit, eindeutig zu erklären, dass darin nichts enthalten ist." Aber vernünftige Gläubige verschwenden ihre Zeit nicht mit der Suche nach groben Wundern – Wundern, die keiner menschlichen Seele helfen können und nur dazu dienen, den Intellekt zu verwirren und zu verwirren. Sie richten ihre Aufmerksamkeit vielmehr auf die Entwicklung ihrer eigenen höheren Natur, die es ihnen ermöglicht Verstehe und genieße diese schönen Wahrheiten.

„Glauben Sie, dass die Geister unserer Lieben sich uns jemals offenbaren?" fragte Percy und wurde immer interessierter. „Wurden Sie jemals von einer solchen Vision gesegnet?"

„Niemals, obwohl ich mich danach gesehnt habe. Dennoch glaube ich, dass andere so gesegnet wurden. Sie wissen, dass die Bibel von solchen Ereignissen überströmt ist. Wir haben dort den inspirierten Bericht über das Wiedererscheinen auf der Erde nach dem Tod – von Samuel, Moses , Elia und Christus selbst. Wenn wir der Bibel glauben, müssen wir glauben, dass diese Dinge geschehen sind. Und ich denke, Gott liebt sein Volk heute genauso sehr, wie er es damals liebte. Aber ich glaube nicht an die Elenden und habe keine Geduld mit ihnen Künstlichkeit und bösartige Vortäuschung der sogenannten materialisierenden Medien. Ich glaube nicht, dass der schöne Geist meiner lieben Mutter mir durch irgendein Kabinett gezeigt werden könnte – wie durch einen Springteufel. Die Idee, dass die Geister des Intellektuellen „Tote haben nichts Besseres zu tun, als Möbel zu bewegen oder auf Decken und Böden zu klopfen", ist meiner Meinung nach abscheulich und unsinnig. Ich bin ein guter Swedenborgianer: Ich denke mit ihm, dass der Körper – das Auge – nur ein Teleskop ist, durch die die Seele blickt. Was die Seele sieht und wie weit sie sieht, hängt von vielen Bedingungen ab, so wie eine klare oder trübe Atmosphäre und der Mechanismus seines Instruments die Beobachtungen des Astronomen beeinflussen. Wenn die Seele, der Körper und die spirituelle Atmosphäre alle in perfektem Zustand sind, können wir meines Erachtens die geistigen Formen um uns herum *sehen* . Sie wissen, der heilige Paulus sagt: „Laufen Sie Ihren Lauf in Geduld, *denn Sie sind von einer Wolke von Zeugen umgeben* ." Aber in unserem grobstofflichen Leben kommen diese Bedingungen selten vor. Ich selbst bin zufrieden mit dem Trost und der Kraft, die ich durch unsichtbare Präsenzen erhalte. Ich bitte nicht und erwarte nichts weiter.

Eine Uhr mit boshafter Stimme auf dem Kaminsims zählte elf Schläge.

Percy stand plötzlich verwirrt auf.

„Wie unentschuldbar spät ich gekommen bin", sagte er, „wie kann ich jemals eine Begnadigung erlangen –"

„Es bedarf keiner Entschuldigung!" warf Frau Griffith ein. „Wir alle danken Ihnen dafür, dass Sie Miss Maxon dazu gebracht haben, so frei zu reden. Das kommt selten vor, und wir lieben es, ihre Gespräche ebenso zu hören wie ihren Gesang. Kommen Sie auf jeden Fall wieder, Mr. Durand."

Als er zu seinem Hotel zurückging und seine seltsam vergrößerte und erleuchtete Sicht erreichte, kam ihm plötzlich der Gedanke an Dolores in den

Sinn. Er blieb auf der Straße stehen und legte die Hand an die Stirn. "Mein Gott!" Er schrie: „Wie kann ich zu ihr zurückkehren?"

Kapitel XVII.

Ein Mann, eine Frau und Geister.

Er kam drei Tage lang nicht in ihre Nähe. Während dieser ganzen Zeit kämpfte er mit seiner eigenen Seele.

Der Eindruck, den Helenas Gespräch machte, war so seltsam und kraftvoll, dass der ganze Lauf seines Lebens sich verändert zu haben schien.

Sein ganzes früheres unabhängiges Handeln, das er mit tausend Argumenten gerechtfertigt hatte, all seine selbstsüchtigen Jahre des Vergnügens, all sein arkadisches Leben mit Dolores, tauchten jetzt als gesetzlos und böse vor ihm auf.

„Kein Wunder, dass der reine Geist meiner Mutter vor mir bis an die entlegensten Grenzen der Geisterwelt geflohen ist", sagte er. „Wie unwürdig ich ihrer süßen Gesellschaft bin – und doch könnte ich würdig werden."

Aber wie konnte er zu Dolores gehen und ihr sagen, dass ihr gemeinsames Leben ein schrecklicher Fehler war: dass sie sich sofort und für immer trennen mussten?

Und wenn er es nicht täte, wie könnte er dann jemals hoffen, das Ideal eines hohen, edlen Mannes zu erreichen, das allein ihn für die Gesellschaft des Geistes seiner Mutter hier oder in der Zukunft geeignet machen würde?

Er litt all diese Tage unter den Qualen der Verdammten. Aus Angst, Dolores zu treffen, mied er die Straße: Der Club kam ihm hasserfüllt vor, und er blieb in seinen eigenen Gemächern eingeschlossen, eine Beute düsterer Gedanken.

Und dann ereignete sich eine dieser seltsamen Launen des Schicksals, die ihn erneut dazu zwang, die Stimme seines Gewissens zu unterdrücken.

In diesem Leben scheint es oft so, als ob der Teufel, wie eine große Spinne, vorbeikommt und neue Maschen um sich spinnt, wenn eine Seele in einem Netz aus Sündengeflechten zappelt und versucht, sich daraus zu befreien.

Eines Tages überbrachte ein Bote Percy eine Nachricht von Dolores. Er öffnete es hastig und las:

„ MEIN SCHATZ :

„Ich bin krank: Fieber droht. Niemand außer Lorette ist bei mir. Ich sehne mich nach dir, und ich habe Angst um dich. Noch nie bist du so lange von mir entfernt geblieben, ohne mir eine Nachricht zu schicken. Der Gedanke daran Vielleicht bist du krank und es macht mich wahnsinnig, dass ich nicht in deiner Nähe bin, um mich um deine Bedürfnisse zu kümmern. Schreib mir, mein Lieber, und wenn du kannst, komm zu deinen Kranken und Einsamen

„ DOLORES .“

Innerhalb einer Stunde war er an ihrer Seite. Sie streckte ihre Arme aus, legte ihr gerötetes Gesicht auf seine Brust und weinte leise.

"Oh Liebe!" sie murmelte. „Ich habe mich in den letzten Tagen so einsam *und verlassen gefühlt. Ich glaube, mir ist klar geworden, wie das Leben ohne dich aussehen würde: Es wäre eine Qual der Verzweiflung. Ich könnte nicht leben.“*

Percys Herz krampfte sich zusammen, als er den schönen Kopf streichelte und sie mit freundlichen Worten beruhigte. Wie konnte er jemals dieses liebevolle Herz erstochen haben, indem er ihr von der Veränderung erzählte, die über ihn gekommen war – eine ebenso tiefgreifende wie plötzliche Veränderung; eine Veränderung, die für ihn den Beginn eines möglichen neuen Lebens bedeutete.

„Ich kann nicht. Es ist zu spät; es wäre grausamer als Mord“, sagte er sich, zog Dolores in seine Arme und tröstete sie, wie er ein krankes Kind getröstet hätte. Sie verlangte keine Erklärung für seine Abwesenheit, und er gab keine Erklärung ab.

Innerhalb einer Woche hatte er sie in einen ruhigen Ferienort auf dem Land entführt, wo sie bald wieder gesund wurde. Doch während ihrer Krankheit erlangte sie durch die hellseherische Kraft eines liebenden Herzens die Erkenntnis, dass in Percy eine mysteriöse Veränderung stattgefunden hatte. Er war nett, oh, sehr nett; so auf ihr körperliches Wohlbefinden bedacht, so besorgt um ihr Wohlergehen.

Und doch – was war es?

„ Beunruhigt Sie irgendetwas ?“ sie fragte ihn eines Tages. „Du scheinst nicht du selbst zu sein.“

„Es gibt einige geschäftliche Angelegenheiten, die mich nerven“, sagte er und wich ihrem Blick aus. „Meine südamerikanischen Unternehmungen sind gescheitert – das ist alles, meine Liebe, bis auf eine jämmerliche Mattigkeit und Nebenschmerzen , die laut Dr. Sydney auf einen Anflug von Malaria zurückzuführen sind.“

Aber sie wusste es besser.

Sie kehrten nach New York zurück, und dann machte sich Percy einer vorschnellen Torheit schuldig, für einen Mann, der der Verwicklung von Problemen entgehen wollte.

Er schickte Dolores eine Nachricht, in der er ihr mitteilte, dass er plötzlich aus der Stadt gerufen wurde. Dann nahm er den Zug nach Centerville. Es war Samstagnachmittag, und er sagte sich, dass er morgens lediglich zum Gottesdienst gehen, noch einmal Helenas Stimme hören und wieder weggehen würde, ohne von jemandem gesehen zu werden .

Aber in seinem Herzen wusste er, dass dies unmöglich war. Und als Frau Griffith nach dem Gottesdienst auf ihn zukam und ihn drängte, sie nach Hause zu begleiten und mit ihnen zu speisen, ging er, ohne einen einzigen Einwand zu erheben.

Helena begrüßte ihn mit schlichter Herzlichkeit und bewirtete ihn mit der für sie so natürlichen Anmut. Zum ersten Mal, seit er sie das letzte Mal gesehen hatte, war er in ihrer Gegenwart im Frieden mit sich selbst.

„Wie seltsam es ist!" Er sinnierte: „Ich habe die schönsten Frauen der Welt gesehen, ich habe den berühmtesten Sängern zugehört; und doch bin ich von der Anwesenheit und der Stimme eines einfachen Dorfmädchens so bewegt wie nie zuvor in meinem Leben." ."

Als sie nachmittags allein saßen, überkam ihn plötzlich der Impuls, ihr seine Geschichte zu erzählen und sie um Rat zu fragen. Dann zögerte er: Was wäre, wenn sie sich schockiert, wütend, entsetzt von ihm abwandte? – also sagte er nur:

„Ich wünschte, Sie würden einige Ihrer weisen Geister anrufen, Miss Helena, und sie bitten, mir meine Zukunft vorzulesen. Ich stecke in Schwierigkeiten – einer Schwierigkeit, aus der ich keinen Ausweg sehe. Ich wünschte, gute Engel würden mir sagen, wie es ist." beenden."

„Aber das ist nicht das Gebiet der Geister", antwortete Helena. „Die Menschen machen oft den großen Fehler, anzunehmen, dass die Verstorbenen alles wissen, was uns passieren wird, während wir auf der Erde bleiben. Tatsache ist, dass sie sehr wenig darüber wissen und zu beschäftigt sind, um ihre Zeit darauf zu verwenden, das herauszufinden." Zukunft für uns."

„Aber wenn ihr Leben so erhaben und ihre Vision so weitreichend ist, sehe ich keinen Grund, warum sie es nicht wissen sollten."

„Das wirst du sehen, wenn du vernünftig darüber nachdenkst", fuhr Helena lächelnd fort. „Ihr Leben ist im Vergleich zu unserem Leben genauso viel umfassender, nützlicher und wichtiger, wie das Leben großer Denker, Philosophen und Reformatoren, größer als das Leben kleiner Kinder. Shakespeare, Carlyle, Lincoln, George Eliot, alle." Es waren wundervolle Menschen, die mit ihrem Verstand fast das gesamte Universum erfassten.

Und doch konnte keiner von ihnen, wären sie alle heute noch am Leben, das zukünftige Leben von Mrs. Griffiths kleinem Kind dort dort vorhersagen. Niemand konnte sagen, was geschehen sollte Die Geister der Toten betrachten uns nun als Kinder in der Schule. Sie sind uns an Wissen und Nützlichkeit weit überlegen; sie sind immer bereit, uns zu stärken und zu ermutigen, aber sie können Ereignisse nicht für uns vorhersagen. Es gibt zweifellos einige, die hier mit Hellsehen begabt waren, die dort die Macht behalten. Aber solche Geister sind oft zu beschäftigt, um unserem Ruf zu folgen. Und sie wissen auch, dass es für uns besser ist, uns weitgehend auf uns selbst zu verlassen. Durch die Selbstständigkeit entwickeln wir unsere Individualität und werden für die Aufgaben dieser und der nächsten Welt gerüstet."

„Dann glauben Sie, dass das zukünftige Leben ein Leben voller Arbeit ist?" fragte Percy.

„Es ist gewiss eine Sache des Nutzens und des Fortschritts, sonst ist es nicht lebenswert", antwortete sie. „Wer würde überhaupt leben wollen, wenn wir nie in irgendeiner Weise Fortschritte gemacht hätten? Und das Schöne an diesem neuen Leben ist, dass uns jeder kleine Fortschritt, den wir hier gemacht haben, auch wenn er uns keine Belohnung gebracht hat, in die Lage versetzen wird, ihn anzunehmen." ein fortgeschrittener Ort dort. Sobald wir den Körper verlassen haben, werden wir dies in seiner ganzen befriedigenden Wahrheit erkennen. Jeder harte Kampf auf Erden, jede überwundene Versuchung, jedes Leid, jede erduldete Prüfung, jede gut ausgeführte Arbeit werden wir sehen hat seinen großartigen Lohn darin, uns für die erhabenste Position in diesem neuen Leben zu rüsten. Jeder Funke Liebe und Zuneigung, den wir Objekten geschenkt haben, die hier scheinbar nur schlecht oder gar nicht zurückgekehrt sind, wird uns in zehnfacher Stärke geschenkt und Süße dort. Je mehr wir die Menschheit lieben – desto mehr werden wir geliebt und desto größer werden unsere Möglichkeiten zu wunderbaren Arbeiten in der Geisterwelt sein. Die beiden gottähnlichsten Emotionen, die Sterbliche erleben können, sind Liebe und Mitgefühl. Wenn Wir schenken unsere Liebe verschwenderisch und haben Mitleid mit jedem Menschen, der unseren Weg im Leben kreuzt. Dabei spielt es eigentlich keine große Rolle, ob wir im Gegenzug geliebt werden oder ob die Welt uns für unser Mitgefühl dankt oder nicht. Es ist der *Akt* des Liebens und Mitfühlens, der die Seele formt. Und wenn der Körper abfällt, wird der Geist, der seine Zuneigungen und Sympathien auf der Erde frei gegeben hat, hervortreten, eine mächtige und schöne Kraft im Neuen Leben, ganz gleich, was sein Glaubensbekenntnis oder sein Glaube an das Erdenleben war."

Percy holte tief Luft. Wieder wurde der zarte Vorhang über ihre dunklen Augen gezogen, um ihren düsteren Glanz zu mildern und halb zu verbergen.

Wieder spürte er die subtile Wärme und den Duft, die von ihrer Person ausgingen, und war davon begeistert und angezogen.

„Es ist kein irdischer Geruch", sagte er. „Es ist der Duft ihrer Seele."

„Wie klar und schön du alles erscheinen lässt!" sagte er laut. „Wenn man deinen Worten zuhört, sehnt man sich nach dem Tod. Und doch, wenn unser Leben egoistisch, unmoralisch, unwürdig war, wenn wir unsere Zeit mit rein irdischen oder sinnlichen Freuden verschwendet haben, wie schrecklich muss das Bewusstsein dafür für die Freigelassenen sein." Geist."

„Ja, in der Tat schrecklich. Da kommt die wahre Hölle des leidenden Gewissens. Die Seele wird ihren schrecklichen Fehler sehen und sehen, wie lang und trostlos der Weg vor ihr ist. Doch sie wird erkennen, dass Gott diesen einsamen Weg verlassen hat Offen dafür, und dass es durch harte Arbeit zu der Position aufsteigen kann, die es in der Stunde seines Eintritts in das neue Leben hätte einnehmen können. Ich denke, die Fähigkeit einer Seele, zu dieser Zeit zu leiden, muss über unserem Verständnis liegen. Auf der Erde ist es furchtbar, unsere verpassten Chancen zu erkennen. Dort wird es weitaus intensiver sein. Aber selbst die Verdorbensten werden durch jahrhundertelanges Streben eine Chance erhalten, sich zu erheben. Es gibt keine ewige Verdammnis, genauso wenig wie es eine sofortige Erlösung gibt ."

Percy stand auf, um zu gehen, ihre Worte rührten ihn bis ins Innerste seiner besseren Natur. Als er sich verabschiedete, sagte er:

„Miss Maxon, würden Sie mir schreiben? Ich stecke in großen Schwierigkeiten, wie ich Ihnen schon sagte; ein Problem, das jeden Lichtteilchen aus dem Universum auszuschließen scheint. Ihre Worte sind für mich der einzige Trost, den ich seit Wochen hatte. Will Du schreibst mir und tröstest mich ein wenig durch die düsteren Tage, die vor mir liegen?"

Helenas Herz war voller Mitgefühl für die ganze leidende Welt. Ihr Lebensmotto war es, jedem geplagten Sterblichen auf der Lebensstraße den größtmöglichen Trost, die Hilfe und den Mut zu spenden, der nur möglich war. Sie hatte nie Angst davor, einem schwachen, gefallenen Geschöpf die Hand zu reichen, aus Angst, es zu beschmutzen.

Es ist die Frau, die sich in ihrer Tugend und ihrer sozialen Stellung am stärksten und sichersten fühlt, die am furchtlosesten in ihren Bemühungen ist, die Unglücklichen aufzurichten: und ein sehr gütiges Herz geht selten mit einem vorsichtigen Verstand einher.

In Percys Gesicht und Stimme lag solch echtes Leid, dass Helenas Herz vor Mitleid bewegt wurde. Sie streckte ihre Hand aus und sah ihm tief in die Augen, ihre eigenen voller süßes Mitgefühl.

„Ja, ich werde dir schreiben“, sagte sie. „Es tut mir sehr leid für dich, wenn du in solchen Schwierigkeiten steckst. Aber du musst bedenken, dass Wachsen in diesem Leben Leiden bedeutet. Ich fand wahres Glück im Schmerz, als mir die Wahrheit darüber völlig klar wurde.“

„Aber du hast noch nie durch deine selbstsüchtige Torheit gelitten und einen anderen leiden lassen“, sagte Percy, als er sich abwandte. „ Auf Wiedersehen , und Gott segne Sie für Ihr Versprechen, mir zu schreiben.“

Kapitel XVIII.

ÄPFEL VON SODOM.

ER ging tausendmal hoffnungsloser in die Maschen des Schicksals verstrickt als je zuvor.

Er liebte Helena mit einer Leidenschaft, die ihm Angst machte, so geheimnisvoll, so plötzlich, so erhaben, so intensiv in ihrer spirituellen Kraft.

Er, der sagte, dass die Liebe langsam wachsen müsse, um aufrichtig zu sein, der war ein Narr.

So wie Gott zur verfinsterten Welt sagte: „Es werde Licht" und da war Licht, so hat Er zu vielen schlummernden Herzen gesagt: „Es werde Liebe", und da war Liebe – strahlend, herrlich, ewig. wie der Glanz der Sonne am Himmel.

So war im Herzen von Percy Durand Liebe zum Leben erwacht – eine Liebe, die die Wasser des Todes nicht löschen konnten.

„Nie seit dem Tod meiner Mutter", flüsterte er in sein Herz, „habe ich eine so anbetende, an Verehrung grenzende Zuneigung empfunden wie für dieses Mädchen. Ich könnte alles sein, alles tun, mit ihr an meiner Seite – meiner Führerin." , mein Freund, mein Kumpel, *meine Frau* .

Gattin! Ja, so dachte er über Helena. Alle seine alten Theorien und zynischen Überzeugungen fielen angesichts dieser wunderschönen neuen Liebe von ihm ab wie tote Blätter von einem Baum.

Sein ganzes altes Leben voller Zügellosigkeit, Junggesellenfreiheit und heimlicher Gesellschaft mit einer bezaubernden Frau kam ihm jetzt wie die Äpfel von Sodom vor.

Er wollte ein Zuhause, in dem er bei Bedarf stolz die ganze Welt willkommen heißen konnte, um Zeuge seines Glücks zu werden. Er wollte eine Frau, die seine Freunde unterhielt – und keine Geliebte, die er sich vor ihnen verstecken konnte; und er wollte, dass Kinder sein Leben krönen und seinen Namen verewigen.

Diese höchsten menschlichen Instinkte klopfen irgendwann in seinem Leben an die Tür des Herzens eines jeden Menschen.

Er verriegelt möglicherweise die Tür aus Geiz oder Stolz, verhängt die Fenster mit gesetzlosen Leidenschaften und versperrt den Eingang mit weltlichen Ambitionen und Vergnügen. Aber der Schöpfer, der ihn als Teil dieser heiligen irdischen Dreifaltigkeit – Vater, Mutter und Kind –

vorgesehen hat, wird große Unruhe über seine Seele senden; und trotz aller Vorsichtsmaßnahmen wird die Sehnsucht nach der Liebe einer reinen Frau und eines kleinen Kindes sein Herz erobern.

Diese Zeit war für Percy gekommen: Sie kam so plötzlich und unerwartet, wie die größten Zeitalter fast immer in der menschlichen Existenz kommen.

Er schloss die Augen und schwelgte in wilden Träumen.

Er sah sich selbst vor einem offenen Kamin sitzen: Etwas entfernt von ihm Helena in wallenden weißen Gewändern, die ein goldhaariges Kind auf ihrer Brust zum Schlafen sang. In der Nähe befanden sich ein Freund und vielleicht einige seiner Junggesellen, die ihn um sein Glück beneideten, während er die Szene mit bewundernden Augen betrachtete.

Dann sprang er auf und stöhnte laut auf.

„Ich muss in meinen Briefen auf der Hut sein“, sagte er. „Ich werde nur an Helena schreiben, wie ein leidender Mann eine Schwester der Barmherzigkeit ansprechen würde. Sie wird nie erfahren, wie ich sie liebe, bis mein Leben frei von allen Fesseln der Sünde und Torheit ist und bis ich mich durch die Jahre würdig gemacht habe.“ des edlen Lebens.

Aber man kann genauso gut davon sprechen, die Herrlichkeit des Sonnenaufgangs vor der Erde zu verbergen, als die Inbrunst einer großen Leidenschaft vor dem Objekt, das sie inspiriert hat.

So vorsichtig sein Gesichtsausdruck auch war, seine Briefe strahlten eine Atmosphäre der Liebe aus, die ebenso leidenschaftlich war, wie sein geheimnisvoller Kummer hoffnungslos schien.

Helenas Wesen war zutiefst romantisch und zutiefst mitfühlend. Diese Briefe appellierten daher an die stärksten Elemente ihres Wesens.

Während ihrer gesamten Kindheit hatte sie den riesigen Schatz intensiver Liebe ihres Herzens für einen idealen Liebhaber, den sie noch nie gesehen hatte, eifersüchtig gehütet.

Und nun schenkte sie Percy durch aufrichtiges Mitgefühl den ganzen verschwenderischen Reichtum ihres reichen Wesens, so wie man einem Bettler ein Fünf-Dollar-Goldstück geben würde, wenn man glaubt, es sei nur ein glänzender Penny. Sie lebte in einer Traumwelt; Sie erfüllte ihre Aufgaben als Musiklehrerin und Chorsängerin mechanisch. Die Menschen, mit denen sie Umgang hatte, waren schattenhafte und unwirkliche Gestalten. Die einzige Person, die für sie wirklich existierte, war Percy mit seiner Last geheimnisvoller Trauer, die sie und ihre glorreiche Horde Geisterfreunde irgendwie von ihm nehmen würden.

Mit ihrer geringen Kenntnis der Welt im Allgemeinen und der Gesellschaft, wie sie in Städten existiert, hatte Helena keine Ahnung, was dieser Kummer sein könnte. Sie rätselte nicht, es zu erraten. Sie war bereit, auf Percys eigene Zeit zu warten. Was auch immer es war, sie wusste, dass er ihr Mitgefühl und ihre Gebete verdiente.

Fast täglich sah Percy Dolores. Jeden Tag versprach er sich, ihr zu sagen, was ihm am Herzen lag. Jeden Tag verzögerte er die gefürchtete Szene.

Dolores drängte sich die schreckliche und überwältigende Überzeugung auf, dass Percy sie nicht mehr liebte. Der Gedanke an einen Rivalen kam ihr nie in den Sinn. Sie wusste, dass sie schön, gebildet und sympathisch war – eigentlich alles , was er sich von einer Gefährtin wünschen konnte.

„Aber", argumentierte sie, „liegt es in der Natur eines Mannes, sich dessen zu ermüden, was ihm gehört. Irgendwo habe ich gelesen: ,Wer in Liebe zu viel gibt, wird mit Sicherheit nicht genug zurückbekommen';' und ich beweise, dass es wahr ist. Es wäre dasselbe, wenn ich seine Frau wäre.

Dann drängte sich ihr unwillkürlich die Erinnerung an ein Zitat ein, das Mrs. Butler einst in ihren Argumenten für die Ehe angeführt hatte: „Wenn der wankelmütige Ehemann geht, kommt er zurück; aber der Liebhaber, wenn er einmal gegangen ist, wird er nie mehr." kehrt zurück." Sie erinnerte sich, wie verächtlich sie solch einen Streit betrachtet hatte. „Welche Frau voller Stolz oder Selbstachtung würde sich wünschen, dass ihr wankelmütiger Ehemann zurückkommt?" hatte sie gesagt. „Ich würde wollen, dass er schnell geht, sobald sein Herz von mir abweicht oder meiner überdrüssig wird. Und für beides wäre es bei weitem besser, wenn es keine rechtlichen Bindungen zu lösen gäbe."

All diese Spitzfindigkeiten erinnerte sie sich jetzt mit einem dumpfen Schmerz im Herzen. Die Zeit war gekommen, in der sie das sichere Gefühl hatte, dass Percy sie nicht mehr liebte. Dennoch konnte sie ihm nicht sagen, er solle gehen. Der bloße Gedanke an eine Trennung war wie ein Messerstich in ihrer Brust.

„Wie vergeblich ist es zu behaupten, was wir in jeder Lebenslage tun würden", sagte sie, „bis wir geliebt haben. Liebe verändert alles, sogar die ganze Natur eines Menschen. Möge Gott mir helfen, das zu ertragen."

Sie wusste instinktiv, dass Percy versuchte, den Mut aufzubringen, ihr von seinen veränderten Gefühlen zu erzählen. Sie schreckte davor zurück wie vor einem Schlag.

„Ich kann ihn diese Worte nicht sagen hören", stöhnte sie. „Ich kann nicht *leben* und sie von seinen Lippen hören; und ich kann ihn nicht gehen lassen – ich kann nicht, ich kann nicht."

Sie wurde dünn und hatte hohle Augen, und das Pathos in ihrem Gesicht war herzzerreißend. Sie versuchte, fröhlich zu sein und Percy mit ihrem alten Witz und ihrer Anekdote zu amüsieren. Sie machten ihre üblichen Fahrten und gönnten sich anschließend Theateraufführungen und *kleine Suppen* wie früher, aber alles war ein melancholischer Misserfolg, eine Farce ihrer früheren glücklichen Tage. Obwohl er ihr die gleichen galanten Aufmerksamkeiten schenkte, wusste sie, dass er nicht mit dem Herzen dabei war.

Es war, als würde man in das tote Gesicht eines geliebten Menschen blicken: Die Gesichtszüge blieben unverändert, aber der Geist floh.

Eines Tages, als er eine Zigarre rauchend in ihren hübschen Künstlerzimmern saß und Dolores melancholisch auf dem Klavier spielte, beschloss er, ihr von seinem Entschluss zu erzählen, sie zu verlassen und ins Ausland zu gehen. „Ich werde ihr nicht sagen, dass ich einen anderen liebe", dachte er; „Das wird unnötige Schmerzen verursachen. Aber ich kann diese Farce nicht länger aufrechterhalten. Sie muss ein Ende haben."

„Dolores", sagte er und warf seine Zigarre weg, „kommen Sie und setzen Sie sich neben mich auf diese Ottomane. Ich möchte mit Ihnen reden."

Sie wandte sein blasses, erschrockenes Gesicht zu und ihre Hände fielen auf unharmonische Tasten.

„Das werde ich gleich", sagte sie und erhob sich hastig, „aber zuerst möchte ich Ihnen ein so seltsames, trauriges kleines Gedicht zeigen, das ich heute in einigen Ausschnitten von Mrs. Butler gefunden habe. Früher hätte ich so etwas nicht verstehen können." Gefühl. Heute tue ich das. Ich erinnere mich, dass ich dir ein anderes Mal ein Gedicht gezeigt habe, von dem ich dachte, dass es auf uns selbst anwendbar wäre, Percy. Das ist ganz anders."

Sie legte ihm den Zettel in die Hand und setzte sich neben ihn, während er ihn las: Ihre Ellbogen ruhten auf seinen Knien, ihre Stirn beugte sich auf ihre gefalteten Hände.

Das hat er gelesen:

Wenn deine Liebe zu schwinden beginnt,
erspare mir den grausamen Schmerz
aller Worte, die mir das sagen.
Erspare mir Worte, denn ich werde es wissen.

An den halb abgewandten Augen
, an der Brust, die nicht mehr seufzt,
an der Verzückung, die ich vermissen werde,
an deinem seltsam veränderten Kuss,

Bei den Armen, die sich immer noch umarmen
, aber ihren Halt verloren haben
und mich, allzu bereitwillig, gehen lassen,
ich werde es wissen, Liebe, ich werde es wissen.

Bitter wird das Wissen sein,
Bitterer als der Tod für mich.
Doch eines Tages wird es zu mir kommen,
denn es ist der Weg der traurigen Welt.

Machen Sie keine Gelübde – Gelübde können nicht binden.
Wechselnde Herzen oder eigensinnige Gedanken.
Männer werden einer
solchen leidenschaftlichen und liebevollen Glückseligkeit überdrüssig.

 Die Liebe wird schwinden. Aber ich werde es erfahren,
wenn du es mir nicht sagst.
Wisse es, auch wenn du lächelst und sagst,
dass du mich jeden Tag mehr liebst,

Erkenne es an der inneren Sicht
, die immer richtig sieht .
Worte könnten mein Leid nur noch verstärken,
und ohne sie werde ich es erfahren.

Als er mit der Lesung fertig war, drehte er sich um und zog wortlos Dolores'
weißes, leidendes Gesicht an seine Brust.

Sie lag da und weinte schweigend, und keiner von ihnen sagte ein Wort. Aber
beide Herzen waren voller unaussprechlichem Schmerz und Verzweiflung.

Sie klammerte sich an ihn, als er aufstand, um zu gehen.

"Du wirst morgen kommen?" Sie sagte.

„Morgen nicht", antwortete er sanft. „Ich verlasse die Stadt für einen Tag.
Aber ich werde bald wiederkommen."

An der Tür drehte er sich um und blickte zurück, seine Augen waren voller
unendlichem Mitleid. Oh! Wie gerne hätte er ihr die Liebe geschenkt, die
Helena so seltsam erwiesen hatte, wenn es in seiner Macht gestanden hätte.

„Wenn Gott uns unter seinen Geschenken an die Sterblichen die Fähigkeit
gegeben hätte, eine unkluge Liebe zu übertragen, wie viel Elend müssten uns
dann erspart bleiben", dachte er, als er hinausging.

KAPITEL XIX.

EINE GESCHICHTE UND EINE OFFENBARUNG.

PERCY war am nächsten Morgen so krank, dass er seinen Arzt, Dr. Sydney, holen musste.

Seit seiner Rückkehr aus Südamerika hatte er Kraft und Fleisch verloren, und ein dumpfer Schmerz in seiner Seite und stechende Schmerzen im ganzen Körper machten seine Nächte unruhig und seine Tage voller Mattigkeit. Sein Arzt hatte ihm geantwortet, es handele sich um einen „Anfall von Malaria, die er sich im widrigen Klima Südamerikas zugezogen hatte", und Percy hatte sich auf Chinin und Zeit verlassen, um eine Heilung herbeizuführen.

(Wir alle wissen, wie üblich es heutzutage ist, dass Ärzte jedes rätselhafte Leiden mit dem bequemen und undefinierbaren Begriff Malaria bezeichnen.)

Doch heute Morgen, als Dr. Sydney zu seinem Patienten gerufen wurde, kam er zu dem Schluss, dass etwas Schlimmeres und Greifbares als ein Anflug von Malaria bevorstand.

Percy hatte in der Nacht unter starkem Schüttelfrost gelitten, dem nun hohes Fieber und starke Schmerzen in der Seite folgten. Er saß in seinem Sessel am Fenster – angezogen, als wollte er ausgehen.

„Mein lieber Freund, das wird niemals gehen!" Dr. Sydney weinte. „Ich fürchte, Sie stehen kurz vor einer schweren Krankheit und müssen ins Bett gebracht und behandelt werden."

„Pshaw – nichts dergleichen!" Percy antwortete. „Ich habe mir eine Erkältung zugezogen und außerdem bin ich erschöpft von der Sorge um manche Dinge. Das ist alles."

„Hm! Warum hast du dann nach mir geschickt, wenn du so viel besser darüber weißt als ich!" knurrte der alte Arzt.

„Einfach, weil ich möchte, dass Sie mich stärken und in die Verfassung bringen, heute Nachmittag eine kurze Geschäftsreise zu unternehmen."

„Eine Reise, geschäftlich!" wiederholte Dr. Sydney und blickte Percy über seine Brille hinweg an. „Nun, wenn Sie nicht *verrückt* sind, werden Sie diese Idee sofort aufgeben. Wenn Sie es in dieser Zeit tun, werden Sie nicht in der Lage sein, Ihr Zimmer in weniger als einer Woche zu verlassen: und Sie müssen eine gute Krankenschwester haben und sich bis dahin völlig ruhig verhalten Du bist hier raus.

„Aber ich sage Ihnen, ich *muss* mich heute außerhalb der Stadt um ein wichtiges Geschäft kümmern!" Percy antwortete hartnäckig. „Es sind vor allem die Sorgen und die Sorge um die Angelegenheit, die meine Krankheit verursacht haben. Und ich möchte, dass Sie mir ein Stärkungsmittel oder ein Stimulans oder etwas geben, das mich durch den Tag trägt. Dann, wenn ich es morgen finde Wenn es mir nicht besser geht, verspreche ich, zu Bett zu gehen und deinem Rat zu folgen. Denn ich möchte bald in die Lage kommen, ins Ausland zu gehen."

Da er feststellte, dass sein Patient unverbesserlich war, bereitete Dr. Sydney grimmig Medikamente für ihn vor, die er am Vormittag einnehmen sollte, und überließ ihm die letzte Anweisung, sehr vorsichtig mit sich selbst umzugehen, wenn er einer langen Krankheitsbelagerung entgehen wollte.

„Aber er kann dem nicht entkommen. Es kommt, es sei denn, ich verwechsele die Symptome stark!" murmelte er, als er hinausging.

Percy blieb bis zum Nachmittag in seinem Zimmer, dann machte er sich auf den Weg zu einem Besuch in Centerville; und in der Aufregung der Stunde und unter der anregenden Wirkung von Dr. Sydneys Tonikum fühlte er sich wunderbar verbessert, als er die Dorfstraße entlangging.

Er ging direkt zu Helena. Er hatte beschlossen, ihr die ganze Geschichte zu erzählen und sich an ihre Entscheidung zu halten, was für ihn das Richtige war.

„Sie hat keine wirkliche Kenntnis der Welt", sagte er sich; „Aber sie ist mit göttlicher Weisheit, großem Mitgefühl und einem natürlichen Verständnis des menschlichen Herzens ausgestattet. Sie ist meine beste Beraterin."

Als sie das Zimmer betrat, reichte sie ihm die Hand und sagte: „Das ist ein unerwartetes Vergnügen, Herr Durand."

Aber er nahm die ihm dargebotene Hand nicht. Er antwortete nur: „Warten Sie. Ich bin hierher gekommen, um Ihnen ein Geständnis abzulegen und Sie um Rat zu fragen. Vielleicht möchten Sie meine Hand nicht mehr ergreifen, nachdem Sie meine Geschichte gehört haben."

Sie sah zu ihm auf, erschrocken und verwundert.

„Sicherlich haben Sie keinen Mord begangen!" Sie sagte. „Sie ähneln keinem Attentäter, Mr. Durand."

„Es gibt verschiedene Grade von Mord", antwortete er, „und ich denke, ein menschliches Herz zu ermorden ist das Grausamste von allen."

„Hast du das vorsätzlich getan?" fragte sie und richtete ihre düsteren Augen auf sein Gesicht. „Dann werde ich dir in der Tat nicht die Hand zum Gruß reichen."

„Nein, nein!" Er fügte hastig hinzu: „Nicht absichtlich, sondern gedankenlos! Und Gedankenlosigkeit ist die Begleiterscheinung von Selbstsucht, und die beiden sind die Eltern des Verbrechens. Aber jetzt hören Sie sich meine Geschichte an, Miss Maxon. Ich werde mich kurz fassen."

„Mein Vater starb, als ich noch ein Kind war, und hinterließ mir den einzigen Erben eines unabhängigen Vermögens. Ich wuchs mit diesem Wissen ins frühe Mannesalter heran – ein trauriges Wissen für jeden Jugendlichen, weil es ihm das Bewusstsein vermittelt, dass er sich nicht anstrengen muss." seine eigene Gehirn- oder Muskelkraft, um sich einen Namen und einen Platz in der Gesellschaft zu verschaffen. Meine Mutter starb, als ich fünfzehn war – genau zu der Zeit, als ich ihre sanften Ratschläge und ihren verfeinernden Einfluss am meisten brauchte. Ich war egoistisch, stolz, leidenschaftlich und willensstark Aber um des Andenkens an meine Mutter willen habe ich versucht, einen Mann aus mir zu machen. Ich glaubte, alle Frauen seien Heilige, weil sie eine Heilige war. Mit zwanzig traf ich eine schöne Frau, zwei oder drei Jahre älter als ich. Sie besaß eine großartige Figur , und ein Gesicht von wunderbarer brünetter Schönheit. Jeder Mann in meinem Umfeld schwärmte von ihr, und ich verliebte mich wahnsinnig in sie. Ich bat sie, meine Frau zu sein, und sie stimmte zu. Ich schwelgte in Träumen von einem Zuhause – etwas, das ich seitdem nicht mehr gekannt hatte Meine Mutter starb. Ein paar Tage vor unserer Hochzeit erfuhr ich, dass die Frau, die ich verehrte, sich über mich lustig machte und dass sie versprochen hatte, meine Frau zu werden, nur um mein Vermögen zu sichern. Noch schockierender war, dass sie die offensichtlichsten Untreuen beging, die in den Clubräumen das Gesprächsthema waren, während ich, der arme Betrüger, die schreckliche Wahrheit erst in letzter Stunde entdeckte. Ich war noch ein Jugendlicher und diese Erfahrung hätte mein Leben fast ruiniert.

„Eine Zeit lang verlor ich den Glauben an alles, ob menschlich oder göttlich. Im Laufe der Jahre heilte meine Wunde, aber alle meine Ansichten über das Leben veränderten sich. Ich betrachtete Frauen als eitel, leichtfertig und betrügerisch und als alles, was sie mir an Vergnügen bieten konnten , ich hielt es für gerechtfertigt, es anzunehmen. Die Ehe schien mir eine Knechtschaft zu sein, und die Liebe schien mir ein Traum zu sein, der mit Sicherheit im Elend enden würde: ein Traum, der mein Herz nie wieder beunruhigen konnte.

„Nach Jahren des Reisens, des Abenteuers und des Wahnsinns, als eine ermüdende Langeweile gegenüber der ganzen Welt von mir Besitz ergriffen hatte, traf ich eine schöne Frau.

„Außerdem verabscheute sie die Ehe und hatte geschworen, ewigen Krieg dagegen zu führen. Sie äußerte sich deutlicher und verbittert in ihren Kritiken gegenüber dem Gesellschaftssystem als ich. Sie war eine charmante Gesellschafterin, aber ich empfand die Verbindung als gefährlich und versuchte, davor zu fliehen." Es. Ein perverses Schicksal brachte uns jedoch ständig zusammen. Schließlich blieb sie ganz allein auf der Welt. In einer schlimmen Stunde, als sie weinte, weil ihr Leben so trostlos war, forderte ich sie auf, sich zwischen der Gesellschaft, die sie verachtete, zu entscheiden und meine Begleitung und mein Schutz."

Er stoppte. Es war schwer, mit diesen ehrlichen, ernsten, reinen Augen weiterzumachen, die ihn anstarrten. Wie konnte er sie dazu bringen, es zu verstehen?

„Nun – und was war ihre Antwort?" fragte Helena fast flüsternd.

„Sie lebt seit fast zwei Jahren als meine Freundin und Kameradin in angenehmen Wohnungen in New York. Verstehen Sie?"

„Ich verstehe", antwortete sie und ein plötzlicher Schauer schüttelte sie von Kopf bis Fuß.

„Wir waren ein Jahr lang sehr glücklich – länger", fuhr er hastig fort. „Sie war vollkommen glücklich, weil sie glaubte, dass sie das Richtige tat. Ich war nicht so glücklich, wie ich erwartet hatte. Mein Gewissen schien nach Jahren des Schweigens oft zu schreien, aber ich wollte nicht darauf hören. Wir kamen an vielen vorbei Es waren wundervolle gemeinsame Stunden, und ich war immer stolz darauf, dass meine Freundin eine schöne, kultivierte und wahre Frau war. Ich gratulierte mir selbst, dass ich zumindest bei der Auswahl meiner Begleiterin mehr Geschmack bewiesen hatte als viele meiner Freunde, denen es ähnlich ging Die Dame war unabhängig und wohlhabend, und unsere Verbindung beruhte auf sympathischen Vorlieben und Zuneigung.

„Dann traf ich dich. Deine Stimme weckte alle höheren Impulse meiner Natur: Dein Gespräch versetzte mich in eine seltsam heikle Atmosphäre; ich verabscheute mein altes Leben von der Stunde an, als ich dich traf. Ich habe versucht, mich davon zu lösen, aber ich Es geht nicht, ohne ein menschliches Herz zu zerschlagen. Leider hat meine Freundin keinen solchen Gefühlswandel durchgemacht. Sie ist glücklich und sie liebt mich. Sie in Ruhe zu lassen, sie im Stich zu lassen, erscheint herzlos und grausam. Der Weg zur Flucht ist versperrt mit unvorhergesehenen Schwierigkeiten. Ich werde von innen und außen gefoltert. Sicherlich *ist* der Weg des Übertreters hart. Ich würde mein Leben ändern, wenn ich wüsste, wie. Können Sie mir sagen, was unter den gegebenen Umständen richtig ist?"

Sie war sehr blass. Ihre Hände waren fest vor ihr gefaltet. Ihr Atem ging schwer. „Es gibt einen Weg – nur einen", sagte sie. „Ich wundere mich, dass es Ihnen nicht in den Sinn gekommen ist. Machen Sie die Bindung, die Sie an Ihre Freundin bindet, zu einer legalen. Machen Sie sie zu Ihrer Frau und lassen Sie die Zukunft für die Vergangenheit büßen."

Er sprang auf, als hätte sie ihn geschlagen.

"Es ist unmöglich!" er sagte. „Sie würde niemals zustimmen. Das steht im Widerspruch zu all ihren Theorien."

Helena sah ihn kalt an, ein stummer Schmerz im Gesicht.

„Ich fürchte, Sie können unsere sehr eigenartige Situation nicht verstehen", fuhr er fort. „Aber Sie *müssen* glauben, dass ich Ihnen die ganze Wahrheit sage. Ich sage nichts falsch. Es wurden keine Versuche unternommen, diese Frau – diese Freundin von mir – in die Irre zu führen. Es gab nie die Rede von einer Ehe zwischen uns, außer sie zu verurteilen." Sie sagte oft, dass sie mich zuerst mochte, weil ich mich nicht bemühte, sie von ihren Lieblingstheorien abzubringen, wie es viele Männer getan hatten. Sie ist sehr schön und wurde von vielen Verehrern geärgert. Aber sie ist in dieser Angelegenheit fast eine Monomanin. Sie würden in meinem Kurs weniger zu verurteilen finden, wenn Sie verstehen könnten, wie eigenartig und tief verwurzelt ihre Vorurteile waren.

„Ich *verstehe* ", antwortete Helena. „Ich kannte einmal so eine Person, wie Sie sie beschreiben. Wir waren Schulkameraden, und sie schockierte uns alle am Abschlusstag mit einer Anti-Ehe-Ansprache. Daher kann ich die Art von Frau, die Sie beschreiben, verstehen. Dennoch sind diese Ansichten von ihr war sicherlich nicht die schwerwiegende Vorgehensweise erforderlich, die Sie ihr später vorgeschlagen haben.

Percy errötete. „Nein", sagte er, „das war das Ergebnis unserer gefährlichen Kameradschaft und meines Egoismus. Ich konnte die für sie so befriedigende platonische Verbindung nicht fortsetzen und ich konnte sie nicht einfach aufgeben, und so wurde der große Fehler gemacht." . Der Fehler eines Lebens wird oft in einem Augenblick begangen, wissen Sie. Und jetzt –"

„Und jetzt", fuhr Helena ruhig fort, während er mit weißen Lippen innehielt, „jetzt scheint die richtige Vorgehensweise für Sie ganz klar definiert zu sein. Sie können ihr zumindest Ihre geänderten Vorstellungen mitteilen und ihr einen Heiratsantrag machen. Wenn sie ablehnt." Du hast das Recht, sie zu verlassen. Sie hat kein Recht, dich zu einem prinzipienlosen Leben zu zwingen. Aber sie wird dein Angebot nicht ablehnen. Sogar Heloise gab ihre

Meinungen und liberalen Theorien der Bitte von Abaelard nach und wurde seine Frau, wissen Sie ."

Percy war aufgeregt durch den Raum gegangen, während sie sprach. Als sie aufhörte, drehte er sich um und stand ihr mit verschränkten Armen gegenüber.

„Es gibt noch etwas, das ich Ihnen sagen muss " , sagte er. „Etwas, das es mir unmöglich macht, dem Rat zu folgen, den du gibst. Ich liebe eine andere Frau mit der ganzen Inbrunst meiner Seele, mit der ganzen Kraft meines Herzens. Liebe sie mit einer Liebe, die mich bis zu den Toren des Himmels erhebt. und reinigt meine ganze Natur wie ein läuterndes Feuer. Ich sehe ihr Gesicht, ob wach oder schlafend. Ich höre ihre Stimme in der Stille der Nacht und über dem Lärm der Straße am Tag. Es ist eine Liebe, die nur einem zuteil wird Mann unter tausend, weil nur eine Frau unter einer Million sie inspirieren kann. Diese Liebe ist gleichzeitig eine Qual und eine Verzückung. Sie verlangt, sie erwartet keine Rückkehr. Sie erfüllt mein Leben hier voll und wird für mich die Ewigkeit durchdringen, wenn Ich sterbe. Aber so liebevoll, auch wenn es hoffnungslos ist, wäre es ein Sakrileg, eine andere Frau zu bitten, meine Frau zu sein. Selbst um ein Unrecht wiedergutzumachen, sollte man kein größeres Unrecht begehen – nämlich gegen das Allerheiligste und Allerheiligste zu sündigen Emotion, die jemals in ein menschliches Herz eingedrungen ist.

Während er sprach, wurde Helena von der Stirn bis zum Kinn rot. Dann wurde sie totenbleich, vergrub ihr Gesicht in ihren Händen und sank wild schluchzend auf einen Stuhl.

Als er ihr die Geschichte seines Lebens erzählt hatte, hatte sie sich über den schrecklichen Schmerz gewundert, den es ihr bereitete, ihm zuzuhören. Aber sie hatte geglaubt, dass es die Enttäuschung war, die sie empfand, als sie ihren idealen Freund so irdisch vorfand. Dies zusammen mit ihrem Mitgefühl für die unbekannte Frau.

Als sie nun seinen seltsam leidenschaftlichen Worten lauschte, wurde ihr klar, dass sie ihm die ganze aufgestaute Leidenschaft ihrer Seele, die ganze reine Liebe des Herzens ihrer Frau geschenkt hatte. Und zu welchem Zweck? Die Erkenntnis erschreckte, schockierte und erschreckte sie, und sie schluchzte wie ein verängstigtes Kind.

Percy war beim Anblick ihrer Tränen außer sich, doch dieser unerwartete Ausbruch erfüllte ihn mit plötzlicher Hoffnung. Schließlich liebte ihn dieses göttliche Wesen, diese *Göttin* . Er hat alles vergessen, bis auf diese eine Tatsache.

„Helena!" rief er, kniete vor ihr nieder und bemühte sich, ihr Gesicht freizulegen – „mein Liebling, meine Königin – sieh mich an – sprich mit mir."

Sie stieß ihn von sich und stand hastig auf.

"Oh!" Sie schluchzte, „Du bist grausam. Willst du *zwei* Herzen brechen!" Dann, als wäre sie über ihre eigenen Worte beunruhigt, fügte sie schnell hinzu: „Sie müssen jetzt gehen und mich verlassen. Ich bin völlig entnervt – ich kann Ihnen heute keinen Rat mehr geben. Bitte gehen Sie." Doch als er sich umdrehte, um ihr zu gehorchen, rief sie ihn zurück.

„Nur ein Wort würde ich dir jetzt sagen. Erzähl deiner Freundin nicht, was du mir gesagt hast. Sag ihr nicht, dass du eine andere Frau liebst. Es wird für sie schwer genug sein, zu wissen, dass du gehen sollst ihr Leben, ohne dass dieses bittere Wissen hinzugefügt wurde.

"Gott schütze dich!" er weinte, seine Augen voller Tränen. „Du bist die großzügigste Frau, von der ich je in meinen wildesten Visionen vom Edlen geträumt habe."

Selbst in der höchsten Stunde ihres neu entdeckten Elends – eines Elends, das so groß war, dass es die ganze Erde zu erfüllen schien – dachte Helena an ihre Rivalin und versuchte, ihren Schmerz zu ersparen. Wahrhaftig, Percy hatte gesagt, sie sei eine von einer Million Frauen.

KAPITEL XX.

Die Ernte des Unkrauts.

PERCY kehrte ins Hotel zurück und schrieb Helena einen Brief, bevor er den Zug nach New York nahm. Sein Inhalt war wie folgt:

„ MEINE KÖNIGIN :

„Mein ganzes Leben lang habe ich ein Ideal verehrt. Gerade als ich zu glauben begann, dass sie nur in meinen Träumen existierte, blitzten Sie an meinem Horizont auf. Ich liebte Sie; aber ich habe nicht zu träumen gewagt, dass Sie mich lieben würden, bis heute. Ich habe es in deinem Gesicht gesehen, Liebes, und ich weiß, dass du eine Frau bist, die, wenn sie einmal liebt, für immer lieben wird. Du kennst die Geschichte meines Lebens. Ich werde sehr bald ins Ausland gehen. Ich werde wegbleiben , bis diese elende Erfahrung, von der ich dir erzählt habe, dieser schreckliche Fehler, der Vergangenheit angehört. Ich werde mich bemühen, mich deines Respekts und deiner Liebe würdig zu machen. Wenn ich zurückkomme, werde ich dich bitten, meine Frau zu sein , Helena. Bis dahin, lebe wohl. Lies die Verse, die ich beilege. Ich habe sie in der Dichterecke einer unserer Tageszeitungen gefunden und sie ausgeschnitten, weil sie mir wie eine versifizierte Geschichte meines eigenen Lebens vorkamen. Zuerst der Fata Morgana-Traum – dann der Dschungel der Sinne, dann die kalte Welt der Mode, bis ich den Glauben an die Existenz des sagenumwobenen Landes der Liebe verlor.

„Dann habe ich dich getroffen und du hast mich gelehrt, dass das wahre Reich der Liebe in den Bereichen eines reinen Zuhauses liegt. Lebe wohl, mein süßer Heiliger, mein Engelführer.“

„ PERCY DURAND. “

Das Gedicht, das er beigefügt hat, geben wir unten an.

DAS KÖNIGREICH DER LIEBE.

Im Morgengrauen des Tages, als das Meer und die Erde
den Sonnenaufgang oben reflektierten,
machte ich mich mit einem Herzen voller Mut und Freude
auf die Suche nach dem Königreich der Liebe.
Ich fragte einen Dichter, den ich unterwegs traf,
nach welcher Kreuzung mich der richtige Weg führen würde.
Und er sagte: „Folge mir, und schon bald wirst du
seine glitzernden Türme aus Licht sehen.“

Und bald leuchtete in der Ferne eine Stadt hell;
„Schau da drüben“, sagte er, „da glänzt es!
“ Aber leider! Für die Hoffnungen, die zur Verzweiflung verurteilt waren,
war es nur das Königreich der Träume.
Dann war der nächste Mann, den ich fragte, ein fröhlicher Kavalier,
und er sagte: „Folge mir, folge mir.“
Und mit Gelächter und Gesang rasten wir entlang
der Ufer des wunderschönen Meeres des Lebens.

Bis wir in ein viel tropischeres Tal kamen,
als das wundervolle Vale of Cashmere.
Und ich sah aus einer Laube ein Gesicht wie eine Blume, das
den fröhlichen Kavalier anlächelte.

Und er sagte: „Wir sind am Ziel der Menschheit angelangt –
hier sind Liebe und Freude intensiv.
“ Aber leider! und leider! Für die Hoffnung meiner Seele –
Es war nur das Königreich der Sinne.

Als ich langsamer reiste, traf ich auf der Straße auf
eine Kutsche mit Gefolgsleuten dahinter,
und sie sagten: „Folge uns, denn die Wohnstätte unserer Dame
gehört in das Reich, das du finden würdest.“
Es war eine große Modedame, eine frischvermählte Braut;
Ich folgte ihm, ermutigt und mutig.

Aber meine Hoffnungen verschwanden wie die letzten Lichtstrahlen des
Tages,
denn wir kamen ins Königreich des Goldes.

An der Tür einer Hütte fragte ich eine schöne Magd.
„Ich habe von diesem Reich gehört“, antwortete sie,
„aber meine Füße verlassen nie das Königreich meiner Heimat,
also kenne ich den Weg nicht“, und sie seufzte.
Ich schaute auf die Hütte, wie erholsam es schien!
Und die Magd war so schön wie eine Taube.
Großes Licht verherrlichte meine Seele, als ich schrie:
„ *Zuhause* ist das Königreich der Liebe!“

Als Percy am nächsten Tag mit seinem Schlüssel in Dolores‘ Gemächer
eintrat, war er überrascht, dass in diesen Schmuckzimmern Chaos herrschte.
Kisten, Truhen und Packkisten lagen verstreut herum, während Dolores,
gekleidet in ein weites weißes Kleid, eifrig damit beschäftigt war,
Kleidungsstücke und Nippes zu ordnen .

„Was in aller Welt machst du?" fragte er erstaunt. "Gehst du weg?"

Sie hob ihr blasses, weißes Gesicht zu seinem, mit einem Blick, der so erbärmlich und voller verwitweter Trauer war, dass ihm das Herz schmerzte. O, Sünde! Wie bitter sind deine Früchte!

„Ja, ich gehe weg", sagte sie. „Komm, setz dich hierher und lass mich dir alles darüber erzählen." Und sie führte ihn zu seinem Lieblingsstuhl und ließ sich auf die Ottomane zu seinen Füßen nieder. „Seit du das letzte Mal weggegangen bist, habe ich nachgedacht, nachgedacht, nachgedacht", sagte sie und hatte ihre Hände an ihren Kopf gedrückt, „bis ich fast wild geworden bin. Und das Ergebnis von allem ist, dass ich weggehe." : nach Kalifornien gehen. Ich denke, es ist besser, dass wir uns zumindest für eine Weile trennen.

Sie sah ihm gespannt ins Gesicht; Irgendwie hatte sie geglaubt, als er herausfand, dass sie wirklich entschlossen war, von ihm wegzugehen, dass seine alte Liebe zu ihr und seine Sehnsucht nach ihrer Kameradschaft alle anderen Überlegungen überwältigen würden.

Sie hatte in der schlaflosen Nacht alles durchdacht.

„Er wird überrascht, erschrocken und verletzt sein", dachte sie. „Er glaubt nicht, dass ich die Kraft habe, ihn zu verlassen. Aber ich werde gehen – und er wird mir folgen und hart klagen, bevor ich zu ihm zurückkehre. Erst wenn ich weg bin, wird er völlig erkennen, was meine Liebe für ihn war. Wenn Ich war jetzt seine Frau, ich konnte nicht gehen, und er würde wissen, dass ich es nicht konnte. Wenn er innehält und darüber nachdenkt, was dieser Schritt bedeuten könnte – und alles, was er bedeuten könnte, weiß ich, dass er es bereuen wird, mich dazu getrieben zu haben. *Selbst* wenn er hat mich selbst satt, wie ein Mann, er wird die Möglichkeit fürchten, dass ich zu einem anderen Liebhaber gehe – wie es viele Frauen in meiner Situation tun würden. Aber wohin ich will, ich werde ihm treu sein – oh, so wahr! für Ich muss ihn lieben und ihn nur bis zu meinem Tod. Es ist mein Schicksal."

Also hatte sie mit sich selbst gesprochen, während sie ihre Pläne schmiedete. Als sie ihm nun gesagt hatte, dass sie gehen würde, schaute sie ihm ins Gesicht und erwartete, Überraschung und Verärgerung darin zu sehen. Stattdessen empfand sie nur Erleichterung, tiefe Erleichterung.

„Ja, Dolores, es ist besser, dass wir uns trennen, wie du sagst", antwortete er. „Für jeden von uns gibt es ein besseres und wahreres Leben als das Leben, das wir führen, auch wenn es einsamer ist. Wir haben einen großen Fehler gemacht, aber wir können ihn in gewissem Maße wiedergutmachen, indem wir uns jetzt trennen."

Alle Hoffnung starb in ihrem Herzen. Ihr Gesicht war gerötet, ihre Brust hob sich vor heftiger Emotion.

„Du bist spät dran, das herauszufinden!" sagte sie bitter; „Aber ich glaube, dass es bei Männern üblich ist, Fehler dieser Art niemals zu entdecken, bis das Leben der Frau ruiniert ist. Es ist für einen Mann so ganz natürlich, zu moralisieren, wenn er auf einem gebrochenen und ruinierten Herzen steht."

„Dolores, lass uns ohne bittere Worte gehen, um Himmels willen!" er weinte. „Unser Fehler, unsere Sünde, wie auch immer wir es nennen mögen, beruhte auf Gegenseitigkeit. Ich habe dich nie ins Verderben gelockt; ich habe dich nie getäuscht; ich wollte dir nie Unrecht tun. Du hast die Welt verstanden, du warst kein unwissendes Mädchen: du. " „Wir waren eine Frau, alt genug, um die Bedeutung des von mir vorgeschlagenen Schritts zu erkennen."

„Wäre ich ein junges Mädchen gewesen, hätte ich nie nachgegeben", antwortete sie. „Es sind die reifen Früchte, die fallen, wenn ein Südwind den Baum erschüttert."

„Nun, Sie dürfen nicht vergessen, dass wir uns auf die Vorgehensweise *geeinigt haben , die zu unserem Elend geführt hat. Keiner sollte dem anderen die Schuld geben. Lasst uns Freunde trennen, nicht Feinde.* "

"Freunde!" und ganzer verletzter Stolz, verachtete Liebe und hoffnungslose Leidenschaft klangen in ihrer Stimme, als sie das Wort wiederholte.

Ah! Wann wird ein Mann jemals erfahren, dass er einer Frau, die er einst zu lieben vorgab, keine grausamere Beleidigung zufügen kann , als sie seine „Freundin" zu nennen?

Percy spürte, wie ihm große Schweißtropfen auf die Stirn liefen. Er zog sein Taschentuch aus der Tasche, und mit ihm flatterte ein Brief und fiel Dolores vor die Füße.

Sie hob es auf und hätte es vielleicht zurückgegeben, ohne auch nur einen Blick auf die Aufschrift zu werfen, wenn Percy nicht schuldbewusst vorgesprungen wäre und hastig geschrien hätte:

„Entschuldigen Sie meine Unbeholfenheit. Geben Sie mir bitte den Brief?"

Dann warf sie einen Blick darauf. Die Adresse war in zarter, weiblicher Schreibkunst gehalten, und das Datum des Poststempels war keine Woche alt.

Ein plötzlicher Verdacht ließ ihr Blut erhitzen; Ihre Stiefmütterchenaugen leuchteten schwarz wie Schlehen, als sie sie auf Percys verräterisches Gesicht richtete.

"Also!" sagte sie langsam und spöttisch; „Es gibt einen Grund für all dieses Übermaß an Moral, *Mann ami* , gibt es?

„Gib mir bitte den Brief?" war seine einzige Antwort.

Sie trat einen Schritt zurück und sah ihn mit trotzigen Augen an.

„Ich verlange, den Inhalt dieses Briefes zu erfahren, bevor ich ihn zurücksende!" Sie sagte. „Wenn es in keiner Weise mit unserer geplanten Trennung zusammenhängt, werden Sie sich nicht scheuen, es mir zu zeigen. Wenn ja, habe ich ein Recht darauf, es zu erfahren."

Er sah sie kalt an und seine Worte durchbohrten sie, als sie fielen, wie vergiftete Pfeile.

„Sie haben kein Recht , so etwas zu verlangen", sagte er ruhig. „Unsere Beziehungen sind einfach zueinander. Wir haben das immer verstanden, glaube ich. Du bist in deinen eigenen Augen nicht das am meisten verachtete Objekt, Dolores – eine *Ehefrau* . Deshalb hast du *kein* Recht, mich bezüglich meiner Korrespondenz zu befragen. Der Brief, Bitte."

Sie warf es ihm vor die Füße. "Nimm es!" rief sie, „aber denk daran, Percy Durand, so wie Gott mich hört, soll keine andere Frau deine Frau sein, solange ich lebe."

Wortlos drehte er sich zur Tür um. Doch als er ging, nahm er ihren Hausschlüssel aus der Tasche und ließ ihn achtlos auf die offene Platte ihres Ebenholzschreibtisches fallen.

Diese eine Tat, wirkungsvoller ausgedrückt, als die bittersten Worte es hätten ausdrücken können, bedeutete, dass zwischen ihnen alles zu Ende war. Er war nicht länger ihr Kamerad, ihr Freund, ihr Liebhaber, der nach Belieben kam und ging; Er war ein Fremder, der, wenn er jemals wiederkäme, als Gast kommen würde.

Mit einem wilden Schrei streckte sie die Arme aus:

„Percy, Percy, komm zurück! Lass mich nicht so zurück – ich kann es nicht ertragen."

Er drehte sich um, bewegt vom leidenschaftlichen Schmerz in ihrer Stimme.

Als er sich umdrehte, fiel sein Blick auf ein altes Foto, das zwischen einem Briefpaket in der offenen Ablage eines teilweise vollgepackten Koffers lag.

„Wer ist das, Dolores?" fragte er, nahm die Karte und stand wie gebannt da.

Dolores ging nach vorne und blickte ihm über die Schulter. Sie dachte, er würde ihr gegenüber nachgeben, und wenn eine Versöhnung möglich schien, wünschte sie sich dies um jeden Preis.

Ah! Mitleid mit dem Himmel! Wie ausgeliefert die stärkste Frau dem schwächsten Mann ist, wenn sie ihn liebt.

"Das?" Sie sagte und legte ihre Hand sanft auf seinen Arm, „das ist ein altes Bild einer Schulkameradin von mir – oh, wie lange ist es her! Sie war die einzige enge Freundin, die ich je hatte, bis ich Mrs. Butler traf." Und doch habe ich jede Spur von ihr völlig verloren. Unsere Korrespondenz starb eines natürlichen Todes, bevor ich zwei Jahre im Ausland gewesen war.

"Wie war Ihr Name?" fragte Percy und sein Herz blieb fast stehen, um ihrer Antwort zuzuhören.

„Ihr Name war Lena – Helena Maxon. Sie lebte in einem hübschen Ort namens Elm Hill. Ich nehme an, sie ist verheiratet und Mutter einer Familie. Sie war genau die Art von Mädchen, die man jung heiraten konnte, und sie war ungewöhnlich lieb Ich erinnere mich an Babys. Sie brachte ihre Puppe tatsächlich mit zur Schule, als sie siebzehn Jahre alt war.

Dolores redete wortreich weiter und war froh, die quälende Szene von ein paar Augenblicken zuvor vergessen zu haben. Sie bildete sich ein, dass es ihm genauso ging und dass er diese Fragen lediglich stellte, um ihren Streit beizulegen.

Percy dachte, der Raum würde sich um ihn herum drehen. Er setzte sich auf einen Stuhl neben ihm.

„Ich wundere mich, dass du noch nie mit mir von ihr gesprochen hast!" er sagte. „Sie hat ein interessantes Gesicht. Ich wusste nicht, dass du in Amerika eine solche Freundin hast. Warum hast du nie nach ihr gesucht?"

Sie sah ihn fragend und überrascht an, seine Stimme, sein Verhalten waren so seltsam.

„Ich glaube, ich habe sie dir gegenüber erwähnt, als ich dir die Geschichte vom Tod meines Onkels erzählt habe ", antwortete sie freundlich und bestrebt, ihn wieder für gute Laune zu gewinnen. „Im Ausland drifteten unsere Leben so weit auseinander, dass ich mich selten an die alte Intimität erinnerte. Seit meiner Rückkehr fühlte ich mich kaum in der Lage, eine Erneuerung unserer Bekanntschaft anzustreben. Es wäre für uns beide peinlich gewesen, Percy, und du weißt schon Ich habe nicht das Bedürfnis verspürt, einen Freund oder Gefährten außer dir zu brauchen."

Er legte das Bild nieder und bedeckte seine Augen, als wollte er es nicht sehen.

"Mein Gott!" rief er plötzlich: „Es kann nicht wahr sein – es ist zu schrecklich."

Dolores' eifersüchtiger Verdacht bezüglich des Briefes nahm konkrete Formen an.

„Warum redest du so seltsam?" fragte sie und sah ihn plötzlich an. „Kennen Sie Helena Maxon, Percy? Haben Sie sie jemals getroffen?"

„Ja", antwortete er, „ich kenne sie – ich habe sie getroffen. Oh, Dolores, ich wünschte bei Gott, ich wäre tot."

„Ich wünschte, wir wären es beide!" sie weinte leidenschaftlich. „Ich wünschte, Gott hätte uns dort in diesem Andental den Tod geschickt, als mir etwas sagte, dass wir nie wieder so glücklich sein würden." Dann wurde sie immer aufgeregter, ballte ihre schlanken Hände, stellte sich vor ihn und sprach mit leiser, unterdrückter Stimme. „Du sollst sie niemals heiraten, niemals!" Sie weinte. „Ich kann es verhindern. Als wir in Santiago waren, haben Sie mich als Ihre Frau registriert, um Klatsch und Tratsch zu vermeiden. Für Lorette haben Sie mich Madame Percy genannt – Ihre Frau. Diese Dinge, die vor Gericht gesagt wurden, würden Sie davon abhalten eine andere Frau zu deiner Frau machen. Ich werde dir bis ans Ende der Welt folgen, um es zu verhindern."

Percy legte benommen die Hände an den Kopf.

"Nicht!" er protestierte müde. „Ich bin krank und leide, Dolores. Lasst uns diese elende Szene beenden. Ich habe keine Ahnung, eine Frau zu meiner Frau zu machen. Es wäre eine Beleidigung für jede gute Frau, sie zu bitten, den Rest meiner elenden Existenz an sich zu nehmen."

„Ich fahre sofort ins Ausland – morgen; und ich hoffe, dass Sie Ihre Vorbereitungen für Ihre Reise fortsetzen. Und nun, auf Wiedersehen – ich bin zu krank, um heute noch ein Wort zu ertragen."

Er lockerte den Griff, den sie vor Aufregung an seinem Arm gehalten hatte, und taumelte beinahe aus dem Zimmer und die Treppe hinunter.

KAPITEL XXI.

Eine seltsame EHE.

Als Percy in seine Wohnung zurückkehrte , erwartete ihn ein Brief von Helena. Es war eine Antwort auf seine Antwort, die ihr vor der Abreise aus Centerville zugesandt wurde.

Sein Kopf schmerzte und seine Sicht verschwamm seltsam, als er die geschriebenen Worte las. Es begann abrupt ohne Adresse.

„Auch ich habe mein ganzes Leben lang ein Ideal verehrt. Ein Mann ohne Tadel und über jeder Schande. Ein Mann, stark in allen männlichen Eigenschaften, stark in seinen Lieben und Gefühlen, aber auch stark in seinem Stolz und in seinem Willenskraft. Ich denke, Gott schenkt das eine nie ohne das andere; aber der Mensch kultiviert zu oft das erstere und lässt das letztere ungenutzt. Für das Ideal, das ich so verehrte, hielt ich mein Herz frei und meine Seele unbefleckt. Als du kamst, alles unbewusst Ich habe dich mit den Attributen meines Ideals ausgestattet. Ganz unbewusst – bis es zu spät war, mein unkluges Herz zu schützen – schüttete es seine lange verborgenen Schätze aus. So überkam mich plötzlich die Erkenntnis, dass ich dir verraten habe, was gewesen war Es ist klüger, es zu verbergen. Klüger, weil die Welt neben der ungleichen Verteilung von Schmerzen und Strafen durch den Schöpfer auch die Frau gnadenlos verurteilt, die das offenbart, was so schwer zu verbergen ist.

Gott hat Mann und Frau aus demselben Ton geformt! hauchten ihren Körpern den gleichen Atem des Lebens ein – verliehen ihnen die gleiche menschliche Natur. Aber eine zivilisierte Gesellschaft erlaubt es dem Mann, sich an der Zurschaustellung der Gefühle zu erfreuen, die die Frau ihrer Meinung nach verbergen oder leugnen soll.

Dem schwächeren Wesen obliegt die doppelte Pflicht, gegen die aggressiven Impulse des Stärkeren zu kämpfen und gleichzeitig seine eigenen zu kontrollieren.

Wer dies nicht tut, verliert die Wertschätzung des Mannes, der die schlummernden Leidenschaften ihres Herzens geweckt hat.

Dass ich dich liebe, werde ich nicht leugnen. Ich glaube, dass Gott uns am Anfang füreinander vorgesehen hat. Aber ich gebe dem Mann, den ich liebe, viel, wenn ich mich selbst gebe, obwohl ich mittellos und namenlos bin, gebe ich ein ganzes Herz, unberührt von herabwürdigenden Halblieben oder erniedrigenden Eifersüchteleien. Während ich auf das Kommen des Königs gewartet habe, habe ich in meinem Herzen keinem Thronprätendenten gestattet, auch nur für eine Stunde den Thron zu besetzen. Ich habe keinem Menschen auf der Welt das Recht gegeben zu glauben, dass ich ihn liebe, bis du gekommen bist. Es gibt keinen Mann, der mit der Hand auf mich zeigen und sagen kann: „Wir waren einst ein Liebespaar." Hat diejenige, die eine makellose Weiblichkeit, einen reinen, gesunden Körper und ein wahres, warmes Herz schenkt, nicht das Recht, viel als Gegenleistung zu verlangen ? Entweder unterschätzt sie ihren eigenen Wert, oder sie überschätzt den Wert eines Mannes, der das nicht verlangt, wie mir scheint.

Und doch, da ich die Geschichte Ihres Lebens mit all seinen tragischen Details, seinen Versuchungen und seinen Prüfungen kenne, habe ich heute oft das Gefühl gehabt, dass ich genauso tief oder so unklug geliebt habe, wie andere Frauen geliebt haben – geliebt genug, um es zu finden mein Glück, den Gegenstand meiner Zuneigung zu reformieren. Kein Mann soll dies als den wahren Bereich einer Frau betrachten. Wenn sie aus der Weite ihrer Liebe bereit ist, sich zu ihm herabzubeugen, soll er sich in Ehrfurcht vor ihr verneigen und es nicht leichtfertig als ihre Pflicht und sein Recht betrachten.

Aber obwohl ich dich liebe und dich für immer lieben muss, kann ich, wie du gesagt hast, niemals deine Frau sein.

Ich kann Sie nicht in Ihr neu entdecktes Königreich der Liebe führen, wenn ich dabei auf das blutende Herz einer anderen Frau treten muss. Ich konnte kein Glück akzeptieren, das um den Preis des Elends und der Verzweiflung eines anderen erkauft wurde.

Am schönsten Tag, den die Zukunft für uns bereithalten konnte, würde immer der Schatten der lebenslangen Trauer eines anderen hängen.

Könnte ich dir anders antworten, unter diesen Umständen wäre ich deiner Liebe nicht würdig. Doch wenn ich nicht wüsste, dass dieses Leben nur einen sehr kleinen Teil unserer Existenz ausmacht, könnte ich vor egoistischer Leidenschaft so verrückt werden, dass ich jede Überlegung außer meiner Liebe zu dir vergessen würde.

Aber ich glaube, dass diejenigen, die geistig zueinander gehören, einander finden und in Ewigkeiten der Liebe zusammenleben werden.

Ich glaube, wir werden es schaffen. Aber während wir hier auf der Erde sind, müssen wir uns dieses Lebens würdig machen, indem wir selbstlos auf andere Rücksicht nehmen, indem wir uns selbst verleugnen und notfalls auch leiden. Sie haben einen schrecklichen Fehler gemacht, der nur durch ein Leben voller Reue und Entschlossenheit wiedergutgemacht werden kann. Und ich muss mit dir leiden. Das große Unrecht an einem Fehler oder einer Sünde wie der Ihren besteht darin, dass sie sich auf diejenigen auswirkt und sie verletzt, die unschuldig sind. Zwei Menschen machen sich Gesetze und sagen: „Es geht niemanden etwas an – wir tun niemandem Unrecht, außer uns selbst." Doch ausnahmslos *wird anderen* letztendlich Unrecht zugefügt.

Keine Seele hat jemals ein göttliches Gesetz der Moral übertreten, ohne ein unschuldiges Wesen zu verletzen.

Es gibt keine absolute Individualität. Wir sind alle durch unsichtbare, aber unzerstörbare Fäden verbunden und miteinander verbunden, die von der Großen Quelle herabgesponnen sind. Wenn ein Mensch versucht, sich von anderen zu lösen und allein da zu stehen, ein Führer und Gott für sich selbst, verwebt und verwirrt er das Netz, das uns alle verbindet, noch hoffnungsloser.

Du, mein Freund, hast die Fäden um uns herum verwirrt: Aber selbst in meinem Schmerz liegt eine Freude im Bewusstsein, durch das ich und mit dir leide. Es ist süßer, als sich mit einem anderen zu freuen. Am Anfang der Zeit hat Gott unsere Seelen geheiratet; Dass wir während einer kurzen Phase unserer Existenz getrennt sind, kann unsere endgültige ewige Vereinigung nicht behindern. Bleiben Sie Ihrem neuen Selbst treu und „laufen Sie Ihr Rennen in Geduld, denn Sie sind von einer Wolke von Zeugen umgeben." Gott segne dich und adieu.

„ HELENA. "

Ein Schauer, der das Mark in seinen Knochen und den Kern seines Herzens zu erschüttern schien, erfasste Percy, als er den Brief ablegte. Er entkleidete sich so schnell wie möglich und rollte sich in die Decke seines warmen Bettes ein, fühlte sich aber trotz aller Bemühungen wie in Eis eingepackt, bis die Rückkehr des Fiebers seine Adern in Brand setzte.

Dr. Sydney lächelte grimmig mit einem „Ich habe es Ihnen gesagt"-Ausdruck, als er wieder an Percys Bett stand. Aber Percy wartete nicht darauf, seine anklagenden Worte zu hören.

„Ich habe mich mit meinem Schicksal abgefunden, Herr Doktor", sagte er, „und ich bin überzeugt, dass Sie mehr wissen als ich. Ich glaube, ich werde sehr krank sein, und ich möchte, dass Sie mir das genaue sagen." Ich muss die Wahrheit über mich selbst sagen, da ich einige sehr wichtige Anweisungen bezüglich meiner Angelegenheiten hinterlassen muss, falls auch nur die geringste Hoffnung auf meinen Tod besteht.

"Hoffnung!" wiederholte Dr. Sydney: „Tut, tut, Mann, wovon reden Sie in diesem Sinne – ein junger, gutaussehender, glücklicher Kerl wie Sie, der sein ganzes Leben vor sich hat?"

Percy lächelte traurig.

„Mein Leben liegt leider hinter mir, Doktor", sagte er. „Zumindest die besten Gelegenheiten dafür gibt es, und sie liegen zwischen Unkraut – verloren in einem dichten Gewächs aus wildem Hafer. Es ist schön und gut zu sagen, dass jeder Mann diese Ernte anbauen muss – aber mir wird klar, dass ich ernten muss, wenn es zu spät ist." auch die Ernte; und sie hat mein Vorratshaus so voll gefüllt, dass kein Platz mehr für eine goldene Garbe Weizen ist.

„Vielleicht dreschen Sie dann Ihren Weizen im Stapel und verkaufen ihn, ohne ihn zu lagern", schlug der alte Arzt scherzhaft vor, während er Percys Puls zwischen Daumen und Finger hielt. „Herbstweizen bringt jetzt gute Preise. Hm! Ziemlich hohes Fieber – wie geht es deiner Zunge?"

„Ziemlich krank, ziemlich krank, mein Junge!" sagte er, als er seine Prüfung beendete. „Leber in einem schrecklichen Zustand. Das ist es, was einen dazu bringt, sterben zu wollen, und so weiter. Eine kranke Leber und melancholische Ansichten über das Leben sind so natürliche Begleiter wie ein Junge und ein Stück Schnur. Wenn Sie nichts dagegen haben, werde ich es tun." Anwalt anrufen?"

Percy blickte schnell auf.

„Dann bin ich in Gefahr?"

„Möglicherweise nicht positiv. Ich sehe Anzeichen, die mich vermuten lassen, dass sich in Ihrer Leber ein Abszess bildet. Aber ich bin mir nicht sicher."

„Falls das der Fall ist?"

„Falls das der Fall ist, müssen Sie sich einer Operation unterziehen."

„Und solche Operationen haben doch oft tödliche Folgen, nicht wahr? Nicht selten."

Dr. Sydney zögerte.

„Sie sind manchmal tödlich", sagte er. „Sie benötigen eine geschickte Behandlung und eine sorgfältige Pflege. Ich muss sofort eine gute Krankenschwester für Sie finden und möchte Dr. Manville hinzuziehen."

Dr. Manville stimmte nach einer gründlichen Untersuchung und Diagnose des Falles mit Dr. Sydney in Bezug auf die Symptome der Krankheit überein.

„Sie sind unklar und es ist derzeit schwierig, den Abszess zu lokalisieren ", sagte er zu Percy, der darauf bestand, seinen genauen Zustand zu kennen. „Aber ich bin davon überzeugt, dass bald eine Operation stattfinden muss. Ihr Fall ist ernst und ich würde Ihnen raten, Ihre Angehörigen zu holen."

Percy schüttelte traurig den Kopf.

„Ich habe nur eine Verwandte auf der Welt", sagte er, „und sie ist jetzt mit ihrem Mann und ihren Kindern in Europa. Aber ich habe Freunde, die ich sofort holen möchte. Könnten Sie mir bitte die Utensilien geben, um eine zu schreiben?" Telegramm, Doktor?

Das fertige Telegramm war an „Mr. Thomas Griffith, Centerville, NY" adressiert und lautete: „Kommen Sie sofort. Bringen Sie Ihre Frau und Helena mit. Eine Frage von Leben und Tod." Dann folgten sein Name und seine Adresse.

Ein paar Stunden später kamen sie – erschrocken, verwundert, besorgt. Dr. Sydney war allein mit dem Patienten und wartete auf die Ankunft der Krankenschwester. Er führte das blasse Trio zu Percys Bett und wollte sich gerade in ein Nebenzimmer zurückziehen, als Percy ihn aufhielt.

"Warten!" er sagte. „Ich möchte, dass Sie meinen Freunden, Herr Doktor, meinen genauen Zustand erzählen, so wie Sie es mir gesagt haben. Sparen Sie nichts."

Dr. Sydney tat, was Percy verlangte. „Und jetzt", fügte Percy hinzu, „möchte ich für mich selbst sagen, dass ich keine Erwartungen an eine Genesung habe. Ich möchte nicht leben und ich werde keine Anstrengungen unternehmen, meinen medizinischen Beratern bei der Wiederherstellung meiner Gesundheit zu helfen. Und da ich Ich muss sterben, Helena, lass mich dich zu meiner Frau machen. Lass mich dich als rechtmäßigen Erben meines ansonsten nutzlosen Reichtums hinterlassen – und lass deine Hände auf Erden für meine letzten Wünsche sorgen. Es wird nicht lange dauern, aber diese kurze Zeit wird sein Ich werde zum glücklichsten meines ganzen Lebens werden, wenn ich Ihre Fürsorge und Kameradschaft haben kann. Helena, würden Sie nicht zustimmen?"

Mrs. Griffith schluchzte und Mr. Griffith und Dr. Sydney wischten sich die Augen.

Helena allein war tränenlos. Aber ihr Herz schien in ihr zu sterben, so plötzlich, so schrecklich, so unerwartet war diese Situation.

„Helena, wirst du zustimmen?" Percy wiederholte.

„Ich kann nicht, oh, ich kann nicht!" Sie weinte.

„Helena!" Es war Mrs. Griffith, die jetzt durch ihr Schluchzen sprach. „Helena, du bist grausam. Weißt du nicht, dass es sich um einen sterbenden Mann handelt, den du auf seinem Sterbebett nicht glücklich machen willst?"

„Vielleicht gibt es eine Chance für sein Leben, und das ruinieren Sie. Es ist Mord!" Herr Griffith fügte hinzu.

„Er braucht die Fürsorge einer zärtlichen Frau – die muss er haben!" sagte der Doktor. „Kein Geld kann die Art von Pflege und Pflege kaufen, die er im nächsten Monat oder in den nächsten sechs Wochen braucht."

Helena legte mit einer abwesenden Geste die Hände an die Schläfe. „Oh – das versteht keiner von euch!" Sie weinte; „Es ist nicht meine Aufgabe – Percy, darf ich dich einen Moment allein sehen?"

„Hm – hm! Eine ziemliche Romanze hier!" sinnierte Dr. Sydney, als er mit unter den Rockschößen verschränkten Händen aus dem Zimmer trottete. „Leberbeschwerden und Liebesbeziehungen zusammen – eine schlimme Komplikation – sehr schlimm. Genug, um jeden Mann niederzureißen. Ich hoffe, das Mädchen wird ihn heiraten und stillen. Sie hat den Ausdruck einer geborenen Mutter im Gesicht. Manche Frauen haben das. Das machen sie immer . " gute Krankenschwestern.

Währenddessen kniete Helena an Percys Bett, ihre Hände umklammerten seine, ihr Gesicht strahlte vor Liebe und ihr Herz war von widersprüchlichen Gefühlen zerrissen.

„Oh, mein Liebling, mein Liebling!" rief sie leidenschaftlich, „es ist nicht so, dass ich dich nicht genug liebe, um alles zu vergeben, was in dieser feierlichen Stunde geschehen ist, und mich deiner Fürsorge zu widmen. Aber ich denke an *sie* – du hast zu ihr gehört – sie hat geliebt." Sie und haben Ihr Leben geteilt; und jetzt plötzlich hervorzutreten, sie zu verdrängen, Ihren Namen, Ihr Vermögen und die traurige, heilige Pflicht anzunehmen, sich vielleicht um Ihre letzten Wünsche auf Erden zu kümmern – oh, es kommt mir grausam vor – herzlos! Es ist ihr Recht – nicht meins."

„Und jetzt hör mir ruhig zu", antwortete Percy, während er ihr sanft übers Haar strich. „Diejenige, die Sie erwähnen, ist nicht in Reichweite, auch wenn ich ihre Anwesenheit gewünscht hätte. Als ich aus Centerville zurückkam, fand ich sie vollgepackt, um nach Kalifornien zu gehen. Ich verabschiedete mich von ihr – in der Annahme, dass es unser letzter Abschied war – und von ihr Angenommen, ich bereite mich jetzt auf eine Reise nach Europa vor. Sie braucht mein Vermögen nicht, und sie hat sich nie nach meinem Namen gesehnt. Ich werde glücklicher sterben, wenn ich Ihnen beides schenke. Wenn ich glauben würde, dass es für mich noch eine Möglichkeit der Genesung gibt, würde ich nie darum bitten Du sollst meine Frau sein, Helena. Das bin ich nicht, ich kann deiner hier nie würdig sein. Aber ich denke, ich werde in der Geisterwelt größere Fortschritte machen und besser geeignet sein, dort an deiner Seite weiterzureisen, wenn ich in dem Wissen um dich sterbe sind meine Frau. Willst du zustimmen, Helena?"

„Das werde ich", sagte sie feierlich; und lehnte ihr Gesicht, jetzt nass von Tränen, an seine Brust. Und das war ihre Verlobung.

Dann erzählte er ihr, so sanft er konnte, von der seltsamen Entdeckung, die er während seines letzten Interviews mit Dolores gemacht hatte: eine Entdeckung, die Helenas hellseherische Wahrnehmung bereits zur Hälfte erraten hatte. Von dem Moment an, als er ihr zum ersten Mal seine Geschichte erzählte, hatte sie seinen unbekannten und namenlosen Freund ständig mit dem Gedanken an Dolores in Verbindung gebracht.

Obwohl die tatsächliche Erkenntnis der Wahrheit bitter und schmerzlich war, blieb ihr die Tortur einer überwältigenden Überraschung erspart, als sie seiner Offenbarung zuhörte.

Eine Stunde später folgten auf den immer feierlichen und jetzt doppelt beeindruckenden Trauungsgottesdienst eine ganz in Schwarz gekleidete Braut und ein blasser Bräutigam, der auf seinem Sterbebett lag.

Kaum war die Zeremonie zu Ende, wurde Percy von einem heftigen Schauer erfasst, gefolgt von starken Schmerzen und anderen alarmierenden Symptomen. Am Morgen war er stark kraftlos und unfähig, sich auf dem Kissen zu bewegen, ohne vor Schmerzen zu stöhnen. Im Laufe des Tages ging es ihm immer schlechter, und jede Hoffnung auf eine endgültige Genesung wurde aufgegeben.

„Ich bezweifle, dass er die Operation überleben wird, die in Kürze stattfinden muss", sagte Dr. Sydney am Nachmittag zu Herrn Griffith, als er an der Tür stehen blieb, bevor er die Treppe hinunterstieg. „Er hat in den letzten 24 Stunden zu viele geistige Erregungen durchgemacht. Seit Mitternacht hat er die besorgniserregendsten Symptome entwickelt, die den Fall ernsthaft komplizieren. Erlauben Sie heute niemandem, ihn zu sehen; lassen Sie diese Tür gelegentlich offen, um die Zirkulation zu ermöglichen." von frischer Luft."

Als er sich zum Gehen umdrehte, erschien ein Junge im Botenkostüm an der Tür. „Nachricht für Mr. Durand", sagte er elegant. „Dreißig Cent fällig."

Dr. Sydney gab dem Jungen einen leichten Stoß.

„Geh mit", knurrte er. „Mr. Durand ist krank – er wird vielleicht nicht mehr bis zum nächsten Morgen leben. Sagen Sie Ihrem Arbeitgeber, dass er uns zu diesem Zeitpunkt nicht mit Nachrichten belästigen soll."

Der Junge eilte davon, als hätte er Angst vor der unmittelbaren Nähe des Todes vor Ort.

„Ich werde heute Abend noch einmal anrufen", fügte Dr. Sydney hinzu, während er langsam die Treppe hinunterging; und dann murmelte er vor sich hin: „Ein ernster Fall, ein ernster Fall."

KAPITEL XXII.

TOT IN IHREM BETT.

Als sich nach diesem tragischen Interview die Tür hinter Percy schloss, stand Dolores da und lauschte seinen Schritten, bis das letzte Echo verklang.

Dann warf sie sich zwischen die Gegenstände, die alle mit ihren glücklichen Stunden der Liebe und Kameradschaft verbunden waren, während trockene, verzweifelte Schluchzer ihre gebrechliche Gestalt erschütterten.

„Oh Gott, habe Mitleid mit mir! Mein Leben liegt in Trümmern, in Trümmern!" Sie stöhnte: „Vater – Mutter – *Gott*, warum hast du mich mit der Existenz verflucht, die ich mir nie gewünscht habe?"

Nach einer Weile stand sie auf und versuchte, Ordnung in ihre Wohnung zu bringen. Wohin sie auch blickte, überall wurden sie mit einer Erinnerung an ihr Leben mit Percy begrüßt. Hier war eine Erinnerung an die glücklichen Boheme-Tage in Paris. Es gibt einen Moment dieser tödlichen Eisbootfahrt. Tödlich, weil sie glaubte, dass Mrs. Butler während dieser gefährlichen Erfahrung an der Krankheit erkrankte, die zu ihrem Tod führte; und weil Percy an diesem Tag wirklich von der Position eines Freundes zu einem Liebhaber wurde. Als sie dann ein Buch aufschlug und versuchte, ihren gequälten Geist von diesen Erinnerungen abzulenken, fiel ein gepresster Farn heraus, den sie im Andental gesammelt hatte. Sie bedeckte ihr Gesicht mit ihren Händen; Sie schien den verblassenden Glanz dieses wunderbaren Sonnenuntergangs wieder zu sehen, die hoch aufragenden Türme aus Granit, und wieder konnte sie das freche Ta-ha-ha des Arajojo- Vogels hören.

Es war mehr, als sie ertragen konnte. Sie stand hastig auf und ging leise weinend durch das Zimmer.

Plötzlich fiel ihr Blick auf das alte, verblasste Foto, das Percy neben den Stuhl geworfen hatte, auf dem er saß. Sie hob es auf und starrte es mit leidenschaftlicher Wut an, wobei sie ihr schönes Gesicht verzerrte.

„Verfluche dich, verfluche dich!" Sie schrie fast auf, zerriss die Karte in tausend Stücke, zertrat sie mit ihren Füßen und fiel ohnmächtig neben ihnen auf den Boden.

Es war dunkel, als sie wieder zu Bewusstsein kam. Sie tappte zu ihrem Sofa, warf sich darauf und fiel in einen unruhigen Schlaf, der bis zum Eintreffen von Lorette am nächsten Tag anhielt.

Sie erwachte zu neuem Leid und verbrachte elende Stunden damit, tausend vergebliche Rachepläne zu schmieden. Nachdem sie seit Percys Weggang kaum etwas gegessen hatte, spürte sie, wie ihre Kräfte nachließen. Und mit ihrer Stärke gingen auch ihre Wut, ihr Groll und ihr Stolz einher. Während der langen schlaflosen Nacht des zweiten Tages überwältigte der Wunsch, Percy wiederzusehen, jedes andere Gefühl. Die Intensität ihrer Liebe schien zuzunehmen, während ihre körperliche Kraft nachließ. Das Wissen, dass sie ihn immer noch lieben und ohne ihn leben musste, egal wie sehr sie sein Glück zerstörte oder seine Lebenshoffnungen ruinierte, lastete wie eine brennende Last auf ihrem Herzen und schlug jegliches Verlangen nach Rache in die Luft. Das Einzige, das Einzige, was die Zukunft lebenswert machte, war eine Versöhnung mit Percy.

Sie stand auf und setzte sich in der kühlen, grauen Morgendämmerung an ihr Fenster.

„Er muss zu mir zurückkommen, er muss", flüsterte sie, „ *um jeden Preis!* Ich habe die ganze Welt für seine Liebe, für seine Kameradschaft aufgegeben. Auch wenn seine Liebe einem anderen geschenkt wurde, muss er mir immer noch geben." seine Kameradschaft. Ich werde ihn sehen – ich werde ihn heute holen lassen und es ihm sagen."

Eine seltsame Idee hatte sich ihrem fiebrigen, leidenden Herzen aufgedrängt. Eine Idee, die aus ihrer wilden Liebe und ihrem niedergeschlagenen und ruinierten Stolz entstand. In den stillen Nachtwachen war ihr der Gedanke gekommen, dass Percy, selbst wenn er Helena zu seiner Frau machen würde, ihr (seiner Kameradin, seinem *langjährigen* Vertrauten und Freund) immer noch gelegentlich seine liebevolle Gesellschaft schenken würde. Wenn sie sich still und passiv seiner Ehe unterwarf, würde er sie vielleicht nicht ganz verstoßen. Sie glaubte, dass die Gesellschaft voller Männer sei, in den Augen der Welt respektable Bürger, die ihre intimen Freundinnen auch nach der Heirat behalten würden. Und sie wusste, dass die Regierung der Vereinigten Staaten die Existenz einer großen und wachsenden Kolonie zuließ, in der Männer eine beliebige Anzahl von Frauen behielten.

Wenn eine Frau auf Erden das Recht hatte, so gehalten zu werden, dann war sie es sicherlich. Und Percy würde es so sehen – und er würde sie nicht verstoßen. Sie konnte es kaum erwarten, bis der Tag kam, an dem sie nach ihm schicken und ihm den Plan vorlegen würde.

Sie hatte nicht das geringste Verständnis für das gewaltige Ausmaß oder die erhabene Natur der Liebe, die in Percys Herzen für Helena zum Leben erwacht war. Sie glaubte, es sei die vorübergehende Einbildung der Stunde – eine plötzliche Leidenschaft der Sinne. Sie erinnerte sich an die subtile Anziehungskraft, die Helena in früheren Zeiten besaß – eine besondere Fähigkeit, Menschen zu sich zu ziehen – sie anzuziehen und ihr Vertrauen zu gewinnen, ohne dass sie sich scheinbar selbst anstrengen musste. Sie erinnerte sich daran, wie beliebt sie in der Akademie von Madame Scranton war – und damals hatte sie geglaubt, dass es die Faszination ihrer Augen war, die die Herzen ihrer Gefährten eroberte. Percy war zweifellos von diesem geheimnisvollen Einfluss betroffen, der jeden faszinierte , der sich lange in Helenas Gegenwart aufhielt. Aber es würde vergehen – und seine Liebe zu ihr, seiner idealen Gefährtin und Kameradin, würde wieder mit größerem Glanz brennen , wenn sie geduldig wartete.

Voller Demut schrieb sie eine Notiz, in der sie ihn um Verzeihung für ihr Verhalten während ihres letzten Interviews bat und ihn bat, ihr tagsüber ein paar Momente für ein Gespräch zu gewähren. Sie ließ einen Boten rufen, der die Nachricht überbringen sollte, und dann entließ sie Lorette für diesen Tag und begann, sich auf den erwarteten Gast vorzubereiten.

Lorette nahm ihren Abschied widerwillig hin. „Madame ist nicht sie selbst; Madame ist krank und muss gepflegt werden!" murmelte sie, als sie hinausging, und viele Male im Laufe des Tages und in den folgenden Tagen und Wochen wurde ihre leicht flüchtige französische Stimmung von der Erinnerung an das Gesicht ihrer Herrin überschattet, wie sie es zuletzt gesehen hatte.

Dolores war eine der wenigen Frauen, die auch unter seelischen und körperlichen Schmerzen schön sein können. Glück und Gesundheit sind in der Regel notwendige Kosmetika der Schönheit; Aber sie hatte ein Gesicht, das selbst viel Weinen und schlaflose Nächte voller quälender Schmerzen nicht entstellen konnten.

Sie kleidete sich ganz in Weiß, so wie es Percy am liebsten sah. Sie trug seine Lieblingsjuwelen und einen bunten Bandknoten, den er einst bewundert hatte, um den Hals. Plötzlich, mitten in ihrer Vorbereitung, hielt sie inne. Das volle Bewusstsein ihrer demütigenden Lage dämmerte ihr mit verblüffender Kraft.

„Mein Gott! Wie tief bin ich gefallen!" Sie schluchzte, und doch gab sie nicht von ihrem Entschluss ab, sich dem Mitleid des Mannes zu überlassen, den sie liebte.

Sie war Königin des Festes gewesen; und nun wollte sie um Krümel vom Tisch betteln, an dem ein anderer den Vorsitz führte.

Die Stunden vergingen auf bleiernen Flügeln. Warum kam der Bote nicht zurück?

Es war später Nachmittag, als er erschien. Er war außer Atem vom Treppensteigen und gab ihr ihren eigenen Zettel zurück.

„Konnten Sie den Herrn nicht finden? Ich habe Ihnen gesagt, Sie sollen die Nachricht hinterlassen, wenn er nicht da wäre!" sagte sie scharf, so groß war ihre Enttäuschung.

„Ja , das weiß ich", antwortete der Junge, „aber da waren Leute und ein Arzt. Und der Arzt kam zur Tür und sagte, wie der Herr nicht gestört werden dürfe – er sei krank." , und vielleicht werde ich noch vor dem Morgen sterben . Und ich hatte Angst und ging weg, ohne den Brief zu hinterlassen."

Der Junge wandte sich ab, und Dolores schloss schnell die Tür vor ihm, als wollte sie ihm seine böse Botschaft verheimlichen.

Krank, sterbend! und wer waren die Leute bei ihm? Wer hatte das Recht, bei ihm zu sein und sich um seine Bedürfnisse zu kümmern, außer sich selbst? Es war ihr Platz – nur ihrer. Sie muss zu ihm gehen – sie muss ihn durch die Kraft ihrer Liebe retten.

Sie wartete nicht damit, ihre Kleidung zu ändern. Sie ergriff das nächstliegende Kleidungsstück – einen weichen weißen Schal und einen Hut mit nickenden weißen Federn – und eilte weiter.

Als sie das Gebäude erreichte, in dem sich Percys Wohnungen befanden, traf sie den Arzt, der gerade durch die Straßentür kam. Sie zwang sich zu einem ruhigen Äußeren, als sie ihn ansprach.

„Ich bin gekommen, um nach Ihrem Patienten zu fragen", sagte sie. „Stimmt es, dass von ihm nicht erwartet wird, dass er lebt?"

Er sah sie scharf an. Ihre weiße Kleidung, ihre Schönheit und ihre Blässe machten sie zu einem bemerkenswerten Bild, als sie dort in der zunehmenden Dämmerung stand.

„Sind Sie ein Verwandter von ihm?" er hat gefragt.

Sie schüttelte den Kopf. „Nein, nur ein Freund; einer, zu dem er sehr freundlich war", antwortete sie. „Aber ich möchte, dass du mir die Wahrheit sagst. Wird er sterben?"

„Ich fürchte, er wird es tun", antwortete der alte Arzt ernst. „Die Chance, dass er die Nacht überlebt, ist gering. Wenn er überlebt, wäre das ein Wunder." Dann ging er weiter.

Sie schlüpfte durch den Eingang, den er offen gelassen hatte, und eilte die Treppe hinauf, die zu seinen Zimmern führte. Die Tür auf dem Treppenabsatz stand offen. Sie öffnete es und trat ein; Im Vorraum, der als Salon diente, war niemand zu sehen. Auf der einen Seite saßen in einer Art

Arbeitszimmer ein Herr und eine Dame und unterhielten sich leise; aber sie hörten ihre leichten Schritte nicht, als sie über den nachgiebigen Teppich ging und zwischen den Samtvorhängen stand, die sein Schlafzimmer verhüllten.

Durch die farbige Kugel schien das Gaslicht mit gedämpftem Glanz und erfüllte die Wohnung mit dem sanften Heiligenschein eines Herbstsonnenuntergangs.

Auf Kissen gestützt lag Percy, während über ihm die wohlgeformte Gestalt einer ganz in Schwarz gekleideten Frau lehnte; Ihr dunkles Haar und ihr brünettes Gesicht standen in deutlichem Kontrast zu den blonden Locken und der Marmorblässe der Patientin.

Ihre Hand strich sanft und beruhigend über seine Stirn; Ihre Augen waren voller unaussprechlicher Liebe und Trauer. Sanft ließ sie sich über sein Kissen sinken und drückte einen leichten Kuss auf seine geschlossenen Lider, während sie murmelte: „Meine Liebe – mein Mann."

Dolores holte tief und keuchend Luft, als wäre sie plötzlich von einem unsichtbaren Feind getroffen worden.

Helena hörte das Geräusch und blickte erschrocken in die Richtung, aus der es kam.

Als sie zwischen den Samtvorhängen stand, sah sie die regungslose Gestalt von Dolores, majestätisch in ihrer Schönheit, ihre weißen Gewänder und ihr goldenes Haar hoben sich deutlich vom purpurnen Hintergrund der Vorhänge ab.

Nur für eine atemlose, schmerzerfüllte Sekunde sahen sich die beiden Frauen, die früher Schulkameradinnen und gute Freundinnen gewesen waren, wieder in die Augen. Dann, als Helena eine Bewegung auf sie machte, richtete Dolores ihren Blick auf Percy – ein seltsames, strahlendes, triumphierendes Lächeln erhellte ihr Gesicht – und verschwand so plötzlich, wie sie aufgetaucht war.

Als sie durch die Straßen der Stadt ging, drehten sich viele um und betrachteten die weiß gekleidete Gestalt und das seltsam schöne lächelnde Gesicht unter den nickenden Federn ihres Hutes. Aber kein Mann wagte es, mit ihr zu sprechen. Da war etwas in ihrem Gesicht, das sie beeindruckte und sie vor Beleidigungen schützte.

Sie lächelte immer noch, als sie wieder ihre eigene Wohnung betrat. Sie legte vorsichtig ihre Umhänge beiseite und machte sich daran, den Raum in perfekte Ordnung zu bringen. Dann holte sie ein kleines Ebenholzkästchen hervor, in dem sie viele kuriose Andenken an ihr Leben im Ausland aufbewahrte. In einer Ecke lag ein kleiner Beutel aus Sämischleder. Sie öffnete es und schüttelte einen Teil des Inhalts – eine glänzende, kristallisierte Substanz – in eine Ecke eines schneeweißen Batisttaschentuchs, legte dann den Beutel wieder zurück und schloss die Ebenholzschachtel wieder in ihrem Schrank ein.

Sie legte das Taschentuch auf das Kissen ihrer Couch, entkleidete sich, bürstete ihr wunderschönes Haar aus, ließ den Gasstrahl auf niedriger Stufe stehen und kroch in ihr schneebedecktes Bett. Sie hielt das Taschentuch nah an ihr Gesicht und blickte lächelnd auf die winzigen Kristalle des Pulvers, während sie murmelte: „Wenn sich Madame Volkenburg nur nicht täuschte – wenn es nur schnell und sicher wäre, wie sie sagte! Oh Liebe, Liebe!" Selbst im Tod werden wir nicht getrennt werden. Sie wird über deinen kalten Lehm trauern; aber dein Geist wird mit mir sein, mit *mir!* Du hättest für sie gelebt, aber ich sterbe für dich. Ach, Gott! Wie viel süßer ist der Tod , als das Leben. Oh, meine Liebe, meine Liebe, du sollst die Reise nicht alleine antreten! Was auch immer das große Geheimnis ist, wir werden es lösen – gemeinsam. Möge Christus unseren Geist empfangen."

Sie leerte das Puder in ihre süß geöffneten Lippen, faltete das Taschentuch unter ihre Wange und lag ganz still da, als ob sie schliefe.

Als Lorette am Morgen kam, fand sie sie in derselben Position liegen, das Taschentuch unter der Wange und ein süßes, frohes Lächeln auf ihrem toten Gesicht.

Am folgenden Tag berichteten die Zeitungen über den plötzlichen Tod der schönen Madame Percy, einer jungen Französin, an einer Herzkrankheit.

KAPITEL XXIII.

BITTER SÜß.

Am Nachmittag des nächsten Tages erschien Homer Orton in Percys Wohnung, wurde jedoch von Mrs. Griffith empfangen und über den kritischen Zustand des jungen Mannes informiert.

„Heute geht es ihm etwas besser", sagte sie, „aber wir sind angewiesen, ihn sehr ruhig zu halten. Es besteht wenig Hoffnung auf seine Genesung."

Der Journalist stand einen Moment lang still, schockiert und verwirrt da. Dann sprach er:

„Ich möchte ihn in einer äußerst wichtigen Angelegenheit um Rat fragen. Können Sie mich an seinen engsten Freund oder Verwandten verweisen, dem ich einige sehr ernste Informationen mitteilen könnte? Es ist eine Angelegenheit, die nicht warten kann."

Mrs. Griffith war beeindruckt von der Ernsthaftigkeit des jungen Mannes. Widerwillig betrat sie das angrenzende Arbeitszimmer, wo Helenas wohlgeformte Gestalt auf einer breiten Liege ausgestreckt lag. Es war die erste Ruhepause, die sie sich von ihrer Position als Beobachterin gönnte. Sie schien zu schlafen, und Mrs. Griffith sprach leise ihren Namen, da sie nicht bereit war, sie zu stören.

Aber Helena schlief nicht. Obwohl von Müdigkeit und Aufregung erschöpft, vertrieb die Erinnerung an Dolores' Gesicht, wie es für eine kurze, schreckliche Sekunde an der Tür von Percys Wohnung erschien, den Schlaf aus ihrem Kissen.

Das Bewusstsein, dass ihre alte Freundin in der Stadt war, in ihrer Nähe, und alle Qualen der gekränkten, verletzten Liebe erduldete, erfüllte ihr sanftes Herz mit unaussprechlichem Schmerz. Sie sehnte sich danach, zu ihr zu gehen, sie in die Arme zu nehmen, sie zu trösten. Sie sehnte sich danach, sie an Percys Bett zu bringen und zu sagen: „Bleib hier bei mir; gemeinsam werden wir uns um seine sterbenden Bedürfnisse kümmern; es ist unser gegenseitiges Recht, unser gegenseitiges Leid." Aber selbst wenn sie Dolores finden könnte, würde sich diese leidende, gefolterte Frau voller Bitterkeit und Wut von ihr abwenden. Und Percy durfte nicht wissen, dass sie in der Stadt war; In seinem schwachen, erschöpften Zustand könnte sich dieses Wissen für ihn als tödlich erweisen.

Sie stand müde auf, als Mrs. Griffith ihr ihren Auftrag bekannt gab.

„Lass Percy nicht wissen, dass ich gestört bin", sagte sie. „Er hat mir das Versprechen abgenommen, bis zum Abend zu schlafen, ohne ein einziges Mal mein Sofa zu verlassen. Er würde sich ärgern, wenn er wüsste, dass ich ihm nicht gehorcht habe."

schnell Autorität nutzen ? ", fragte Mrs. Griffith spielerisch.

Helena antwortete nur mit einem traurigen Lächeln, als sie ohnmächtig wurde, um Homer Orton zu treffen. Er erhob sich mit einer Mischung aus Überraschung, Verwirrung und Kummer in seinem Gesichtsausdruck, als sein Blick auf eine hübsche junge Frau fiel.

„Ich musste Herrn Durand eine sehr schmerzhafte Information mitteilen", begann er, „und wollte ihn um Rat fragen, wie man weiter vorgehen sollte. Es handelt sich jedoch um eine äußerst persönliche und heikle Angelegenheit.", dass ich kaum weiß, wie ich es Ihnen gegenüber ansprechen soll. Sind Sie – ein Verwandter?"

„Ich bin Mr. Durands engster Freund und Vertrauter. Wir sind tatsächlich sehr eng verwandt", antwortete Helena leise. „Bitte fahren Sie mit dem fort, was Sie zu sagen haben."

Homer zog ein Exemplar der Morgenzeitung aus seiner Tasche.

„Diese Zeitung berichtet über den plötzlichen Tod eines Bekannten von Herrn Durand", sagte er. „Wir kannten sie beide im Ausland; aber es scheint, dass sie unter einem falschen Namen in New York gelebt hat, oder zumindest unter dem Namen Madame Percy. Ich habe sie heute Nachmittag erkannt, als ich ihre sterblichen Überreste in Begleitung eines anderen Journalisten besuchte Dame, die sowohl Herrn Durand als auch mir während unseres Auslandsaufenthalts äußerst anmutige Gastfreundschaft erwiesen hat. Ich fühle mich persönlich an ihr als Freundin interessiert, und ich bin sicher, dass er das auch tut. Was auch immer ihre Geheimnisse oder Sorgen sind, ich wünsche mir um sie von den Tageszeitungen fernzuhalten. Ich wünschte den Rat und die Unterstützung von Herrn Durand in dieser Angelegenheit. Die Wohnungen der verstorbenen Dame werden der Obhut eines französischen Dienstmädchens überlassen, das kein Wort Englisch spricht. Es sei denn, ein Freund übernimmt die Obhut Aufgrund ihrer Auswirkungen wird es unmöglich sein, die Enthüllung einer, wie ich fürchte, schmerzhaften Geschichte zu vermeiden."

„Eine Bloßstellung muss um jeden Preis vermieden werden", rief Helena, ihre Stimme war von Tränen erstickt, ihr Herz war erneut zerrissen über diesen zusätzlichen und unerwarteten Kummer. „Madame Percy war eine liebe Freundin von mir. Ich kenne ihre gesamte Geschichte; sie ist äußerst traurig und äußerst bedauerlich, aber sie darf nicht der Öffentlichkeit zugänglich gemacht werden; sie darf nicht von neugierigen Menschen diskutiert werden, die sie nicht kannten, so wie ich sie kannte." sie – zu lieben und zu bemitleiden."

„Es muss nicht der Öffentlichkeit zugänglich gemacht werden", antwortete Homer Orton bestimmt. „Aber Sie müssen sofort gehen und sich um ihre Sachen kümmern. Das Wissen, dass sie Freunde in der Stadt hat, wird die Sensationshungrigen davon abhalten, ihre Geschichte aufzuspüren. Sie können den Reportern beliebige Fakten über ihr Leben geben, wenn … Sie kommen auf Sie zu, und ich werde meinen Einfluss nutzen, um zu verhindern, dass sich etwas Unangenehmes in die Drucke einschleicht.

Und während Percy glaubte, Helena schliefe, führte sie die letzten traurigen Riten für die Frau durch, die ihre liebste Freundin und unbeabsichtigte Feindin gewesen war. Mit Ausnahme der treuen Lorette war sie die einzige Trauernde, die Tränen vergoss, als der schöne Körper zu seiner letzten Ruhestätte gesenkt wurde. Die Tränen wurden noch sengender und bitterer durch den Gedanken an eine weitere Beerdigung, die näher rückte und bei der sie in der bleibenden Rolle einer lebenslangen Trauernden amtieren muss.

Eine Geschichte, die mit einem Selbstmord und einem Todesfall endet, ist weder angenehm zu erzählen noch zu lesen. Doch wir, die wir unsere Tageszeitungen lesen, wissen, dass solche Geschichten sehr realitätsnah sind.

Es freut mich jedoch, dass ich meine Erzählung nicht mit einer doppelten Tragödie abschließen muss.

Percy ist nicht gestorben.

Vielleicht lag es an der geistigen Verfassung, die durch das Wissen, dass Helena wirklich seine Frau war, hervorgerufen wurde, vielleicht aber auch an der Geschicklichkeit seines Arztes; aber es ist sicher, dass er sich erholte – erholte sich, um zu erkennen, dass er fast durch „falsche Vorspiegelungen" eine Frau gewonnen hatte; und dass Dolores nicht mehr auf der Erde existierte, von der sie als unerwünschtes Kind kam und die sie als leidende, verzweifelte Frau verließ.

Schockiert und fast wahnsinnig angesichts der Tragödie rief Percy Helena zu sich, ein paar Stunden nachdem sie ihm die traurige Information mitgeteilt hatte.

„Ich fühle mich wie ein Betrüger und Lügner", sagte er; Ich blickte ihr traurig in die Augen und dachte, ich sei nicht gestorben, wie ich es versprochen hatte. Aber ich werde dich nicht lange mit meiner Anwesenheit beleidigen.

Sobald meine Kräfte es erlauben, werde ich ins Ausland gehen, um auf unbestimmte Zeit zu bleiben. Ich habe das Gefühl, dass ich es tun werde Kehre niemals in mein Heimatland zurück. Etwas sagt mir, dass ich unter Fremden ein Grab finden werde. Unsere Ehe wird natürlich für die wenigen, die es jetzt wissen, ein Geheimnis bleiben und braucht Ihnen keinen Ärger zu bereiten.

Percy befolgte die von ihm festgelegte Vorgehensweise, aber wie so oft bei Vorahnungen des Bösen bestätigte sich sein Eindruck, dass er unter Fremden ein Grab finden würde, nicht.

Er kehrte nach zwei Jahren auf Reisen zurück, gebräunt und robust, und das Licht seiner reinen Liebe zu Helena leuchtete wärmer als je zuvor in seinen blauen Augen.

Für einen Mann ist es so leicht, die Fehler zu leben, dass eine Frau (Christus hat Mitleid mit ihr) nur im Grab büßen kann.

Er streckte seine Arme aus, als er Helena erneut von Angesicht zu Angesicht gegenüberstand.

„Können Sie nicht all diese elende, dunkle Vergangenheit vergeben und kommen und die Zukunft für mich erhellen?" fragte er mit einer Stimme, die wie eine Liebkosung klang. „Ich liebe dich und ich brauche dich, Helena."

Sie sah ihm ins Gesicht, ihre Augen waren voller unvergossener Tränen. Die Liebe in ihrem Herzen triumphierte über jeden vorgefassten Entschluss, über jede grausame, qualvolle Erinnerung, wie es große Liebe immer tun muss.

Doch es gibt Triumphe, die trauriger sind als jede Niederlage; es gibt Freuden, die schmerzhafter sind als jedes Leid. Es war ein solcher Triumph und eine solche Freude, die Helenas Herz erfüllten, als sie in die Umarmung ihres Geliebten glitt.

„Oh ja, ich kann alles verzeihen", seufzte sie. „Weil ich dich liebe und weil ich eine *Frau bin*. Manchmal denke ich, Percy, dass Gott eine Frau sein muss. Von ihm wird erwartet, dass er so viel vergibt."

In ihrem großen Herzen, als sie sich in dieser höchsten Stunde der Versöhnung und Vergeltung an seine Brust schmiegte, schoss eine scharfe, qualvolle Erinnerung an die Frau, die sie vertrieben hatte; der Frau, die ihr ganzes Glück zerstört und ihr Leben in einer unklugen Liebe zu diesem Mann verloren hatte, dessen zärtliche, leidenschaftliche Worte nun auf willige Ohren stießen.

Es war eine Erinnerung, die für eine so großzügige und selbstlose Natur wie sie einen melancholischen Schatten auf die intensivste Stunde des Glücks werfen musste, die die Zukunft für sie bereithalten konnte.

Es war eine Phantomgestalt, die für immer bei ihren Liebesfesten bleiben musste. Percy hatte ihr seine ganze Seele völlig hingegeben; und sie wusste, dass ihre doppelt verheirateten Geister sich wie zwei vereinte Ströme vermischen und gemeinsam zum Ozean der Ewigkeit fließen würden. Doch je vollkommener ihre eigene Freude, desto tiefer müssen die traurigen Erinnerungen an Dolores in ihr mitfühlendes Herz eindringen.

Wenn sie mit den anbetenden Augen einer treuen Ehefrau zu ihm aufblickte und in ihm ihren Helden, ihr Ideal, ihren Beschützer und ihren Führer sah, musste sie sich immer an das junge Leben erinnern, das seine gedankenlose, selbstsüchtige Torheit in Trümmern liegen ließ. All diese Gefühle umhüllten die Freude dieser Hochzeitsstunde in Trauer, als sie ihr süßes, trauriges Gesicht und ihre filmischen Augen zu ihm hob.

Und Percy, der sie in seine Arme schloss, verspürte den ganzen selbstsüchtigen Stolz eines Mannes und die ganze leidenschaftliche Verzückung eines Liebhabers in dem Wissen, dass er den ersten Kuss auf ihre reinen Lippen drückte, die seit dem letzten Segen ihres Vaters dort gewesen waren ihnen.

DAS ENDE.

www.ingramcontent.com/pod-product-compliance
Lightning Source LLC
LaVergne TN
LVHW042153190726
843493LV00006B/1645